2023 경기도 교과 연

문해력을 키우는 수업

교사들의 열정 가득 수업 이야기

온 작품 활용 문해력 수업

프로젝트 수업 실천

초등 문해력 신장 방안 연구회

문해력을 키우는 수업 연구
/기획의 글/

학업성취도와 문해력은 밀접한 관계이기에 초등학교 시기에 문해력을 튼튼하게 하지 않으면 중·고등학교에서 높은 학업성취도를 얻기 어렵다. 더불어 현재 시행되고 있는 대학 수학 능력 평가에서 요구하는 문해력의 수준은 상당하다. 따라서 초등학교 시기부터 다양한 독서를 통해 문해력을 탄탄히 해야 한다. 하지만 현재 국가 수준의 교육과정에 편성된 국어 교과 시간만으로 고급 문해력을 갖추기는 쉽지 않다. 그러기에 사교육시장에서 독서 논술 학원이 우후죽순 생겨나는 것은 아닐까 하는 생각이 든다. 이것뿐만 아니라 문해력은 학령기가 끝난 이후의 삶에도 영향을 준다. 생활과 직장에서의 생활을 어렵게도 풍요롭게도 만든다. 이는 말과 글이 우리 삶의 가장 기본인 의사소통 수단이기 때문일 것이다.

이에 본 문해력 신장 연구회는 초등학교 각 학년의 발달 단계에 맞는 문해력 신장 수업을 기획하고 실천함으로 학생들의 문해력을 발달시키고자 한다. 더불어 미래를 살아갈 아이들이 다양한 형태의 매체에 접근하여 메시지를 분석·평가·창조하는 능력인 디지털 리터러시도 함께 연구에 적용하여 학생들이 성인이 되었을 때 고급 언어 사용자로 경쟁력을 갖게 하고자 한다.

이번 도서 출간으로 우리 연구회의 질적 성장뿐 아니라 동료 선생님들의 수업에도 도움이 되길 바란다. '책을 좋아하지 않는 학생들에게 어떻게 하면 문해력 지도를 할 수 있을까?'라는 궁금증으로 시작한 우리 연구회가 어느새 책까지 출판하게 되었다. 문해력 수업에 대한 고민과 실천이 고스란히 담긴 이번 도서가 학교 현장에서 널리 읽혔으면 하는 바람이다.

처음이 어렵다고 하는데 첫발을 과감하게 뗀 이번 도서 출간은 회원들의 노력 그 자체이며 자랑이 아닐 수 없다. 갈수록 힘들어지는 학교 현장에서 수업과 학생들의 성장을 동료들과 고민하며 그 성과를 도서로 편찬하게 된 것은 더할 나위 없는 기쁨이다. 이번 1호가 앞으로 2호, 3호로 이어지길 희망하며 서로가 어우러져 빛나는 무지개처럼 우리 문해력 신장 연구회의 무궁한 발전을 기원한다.

추신: 불철주야 좋은 수업을 위해 고민한 선생님들의 흔적이 이번 원고에 가득 담겼습니다. 온전히 학생들의 성장을 바라며 '피·땀·눈물'로 교실을 지키시는 선생님들께 존경을 표합니다.

2023년 9월 9일
초등 문해력 신장 연구회

문해력을 키우는 수업 ❶호

CONTENTS

01_그림책 활용 문해력 기르기 프로젝트
'행복한 우리 반 만들기 대작전!'

그림책을 중심으로 도덕 국어, 사회 교과의 관련 성취기준을 분석하여 '행복한 우리 반 만들기 대작전' 프로젝트를 구성하였다. 서로 다른 친구들을 이해하며 함께 행복하게 어울리는 학급 생활을 하기 위한 태도와 방법을 익히고 기본예절을 습관화하기 위해 구성된 프로젝트이다. 그림책을 활용하여 배려와 존중 이해와 공감의 가치를 찾도록 했으며 이를 삶 속에서도 실천하길 바라며 수업을 구성했다. 또 4학년 2학기 사회, 도덕, 국어 교과서에서 다루는 다문화 교육과도 연계하여 학생들이 공동체, 의사소통, 자기성찰 역량을 함양하길 바라며 본 프로젝트를 기획했다.

이번 프로젝트를 위해 '나 안 할래'. '내가 라면을 먹을 때', '감사해요', '마음먹기', '마음 요리', '쿠키 한입의 행복 수업' 6권의 그림책을 수업에서 활용하였고 각각의 그림책이 주는 행복의 비밀을 찾고자 하였다.

이번 프로젝트를 통해 학생들이 문화 인종, 장애를 넘어 서로 다른 친구를 존중하고 배려함은 물론 각자가 행복한 '나'로 성장하길 바란다.

첫째 시간, 그림책 '나 안 할래'

\# 우정 \# 배려 \# 친구 관계

· ·

글 안미란

그림 박수지

출간 2004년

펴낸 곳 ㈜미래엔

수업 계획

동기유발	· 그림책 '나 안할래' 의 표지 그림 살펴보기
그림책 읽기	· <활동1> 그림책 읽기 – 사실 질문 만들기, 생각 질문 만들기
생각 나누기와 표현하기	· <활동2> 토론게임 하기
	· <활동3> 책 속 주인공에게 전하고 싶은 말
정리 및 확인하기	· <배움정리> 생각 넓히기 활동

문해력을 높이는 수업 실천

그림책을 활용한 수업을 할 때, 나름의 철칙이 있다. 첫째는 그림책을 꼭 읽어주는 것이다. 심지어 절판된 그림책은 중고 서적이라도 구해서 읽어주었다. 파일이 아닌 종이 그림책을 읽어주는 것이 학생들의 정서와 감성을 풍부하게 하고 예술을 감상하는 능력도 향상시킨다. 하지만 그림책을 직접 읽어 주려 하면 부담되는 것이 멋지게 동화구연이라도 해야 하나 하는 압박감이다. 주변에 동화구연에 달인이 너무 많아 수업에서 그림책을 학생들에게 읽어 주려 하면 자신도 없고 부끄럽기도 하다. 고민 끝에 학생들에게 "이제 선생님은 그만 읽을래" 했더니 선생님이 "계속 읽어주세요."하며 성화를 부린다. 이제 못 이기는 척하며 계속 읽어 줄 수 있게 되었다.

〈동기유발〉

표지의 그림부터 꼼꼼하게 살피며 그림책에 흥미를 갖게 한다. 쉬운 질문부터 시작해서 학생들이 책에 관심을 가질 수 있는 생각 질문까지 학생들과 주고받으며 책을 읽기 전 여유를 가지고 책의 내용을 예상해본다.

"그림책 표지에 보이는 동물은 어떤 동물일까?"
"몇 마리가 보이니?"
"동물들이 무엇을 하고 있니?"
"그림책 제목은 뭘까?"
"여러분은 언제 '나 안 할래'라는 말을 해 봤어?"
"그림에 나타난 사슴은 왜 화가 났을까?"

〈활동1〉 그림책 읽기 - 사실 질문 만들기, 생각 질문 만들기

그림책의 내용을 활용한 사실 질문 만들기 시범 보인 후 다음은 학생들이 직접 사실 질문을 만들어 보게 했다. 이를 위해 책을 읽기 전 책의 내용과 관련된 질문을 선생님이 할 예정이니 책의 그림도 꼼꼼하게 보고 책의 내용에도 집중해야 한다고 강조했다.

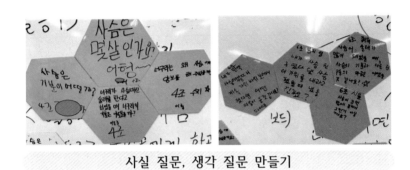

사실 질문, 생각 질문 만들기

생각 질문 만들기는 '어떻게'와 '왜', '~라면'을 활용한 질문 만들기로 작품을 좀 더 깊게 이해하게 만들고 등장인물 사이의 갈등도 다시 생각해보게 한다. 그림책을 포함한 온 작품을 읽을 때 질문 만들기 활동은 학생들의 사고를 확장 시키기에 적합하고 생각 질문은 다시 토론으로 이어지기에 독서 활동으로서 질문 만들기는 정말 버릴 것이 없는 활동이다.

〈활동2〉 토론게임

그림책을 사슴에게 지친 너구리와 다람쥐가 나오는 장면까지만 읽어줬다. 그런 후 분위기를 잡았다. "너무 한다. 사슴!" "진짜 같이 놀기 싫어", "짜증만 내면 어떻게 같이 놀아?" 한껏 바람을 잡은 후 학생들에게 사슴과 같은 친구가 있으면 같이 놀지 안 놀지 정하라고 했다. 대부분 모둠이 놀지 않겠다고 주장을 정했다. 토론게임은 전통적인 토론방식에서 착안한 것으로 모든 아이가 동시에 참여할 수 있도록 고안한 게임 형식의 토론이다.

토론 게임

위 학생들 활동 결과물에서 알 수 있듯이 각 조는 자신의 의견을 정하고 그렇게 주장하는 까닭 3가지를 만들어서 토론 종이에 써야 한다. 그러면 상대방 조가 근거 3가지를 읽고 그것을 다시 반박해야 한다. 논리력을 키우는 동시에 서로의 입장과 의견을 이해하게 된다. 또 문장으로 생각을 표현해야 하기에 문해력이 필요한 동시에 문해력이 길러지는 시간이다. 계획에 없었지만, 이번 수업을 하며 학생들은 토론에 필요한 예절도 자연스럽게 배우게 되었다. 상대방의 반박이 비아냥거리는 말투여서 기분 나쁘다는 신고와 무시하는 내용으로 적었다는 제보가 빗발쳤다. 생각을 표현하는 것은 자유지만 표현할 때도 예의가 있음을 학생들은 공감했다. 상대방의 의견을 반박할 때 쓰지 말아야 할 표현을 추려 토론규칙을 정했다. 의도하지 않은 부분이었는데 자연스럽게 토론 예절까지 생각해보게 된 수업이었다.

〈활동3〉 책 속 주인공에게 전하고 싶은 말

사슴과 놀지 안 놀지 중 주장을 정하고 각 주장에 맞는 근거를 만들어 토론했다. 학생들은 자신의 주장과 다른 생각을 읽으며 "선생님 토론게임은 우리가 생각하지 못한 것을 다른 조의 주장과 근거를 읽으며 배울 수 있네요." 한다. 토론 분위기가 한창 고조될 때 "선생님은 다람쥐와 너구리가 사슴과 절교했는지 아니면……." 뒷이야기가 궁금하다고 하며 다시 그림책을 읽었다. 학생들 눈이 동그랗게 커진다. 사슴은 가위바위보를 할 수 없는 손을 가지고 있음을 모두 알게 되었다. "그랬구나! 사슴은 다람쥐와 너구리와 다른 손 모양을 가졌구나!" 책 뒷부분까지 읽은 후 다시 학생들에게 질문했다. 사슴이랑 놀지 안 놀지 칠판에 표시해 보자.

사슴의 사정을
알기 전 투표

사슴의 사정을
알고 난 후 투표

　사슴의 사정을 알기 전에는 다수의 학생이 '절대 친해지지 않겠다.', '친해질 수 없다.'에 투표했었다. 그림책을 다 읽어 준 후 다시 투표했을 때는 두 명을 뺀 나머지 학생들은 매우 친하게 지낼 수 있다고 투표했다. 투표 결과를 확인하며 학생들에게 혹시 사슴이나 다른 동물에게 하고 싶은 말이 있는지 물었다. 학생들은 내가 생각하지 못한 답을 했다.

"선생님 사슴도 고칠 점이 있어요. 심통 부리지 말고 사정을 얘기해 주면 훨씬 빨리 화해하고 재미있게 놀 수 있잖아요."
"선생님 제 생각에는 다람쥐랑 너구리는 칭찬받아야 해요. 사슴이 짜증 부리며 계속 '안 할래' 했지만 그래도 같이 놀기 위해 노력했잖아요."
"그래 각자 동물들에게 하고 싶은 말이 많구나. 가지고 있는 꿀보드에 하고 싶은 말을 써 볼까?"

12

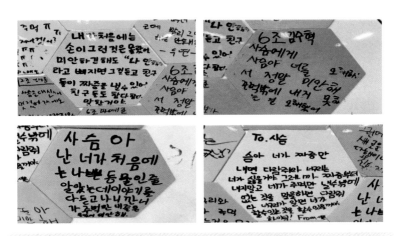

책 속 주인공에게 전하고 싶은 말

〈배움 정리〉

수업을 마무리하며 학생들과 오늘 수업 중 배운 것과 느낀 점 등 소감을 나눴다. 기대와 달리 토론게임이 재미있다고 말한 친구들이 많았다. 이유를 들어보니 친구의 근거를 깨는 것이 재미있고 친구들의 생각을 배울 수 있어서 좋았다고 발표했다. 두 번째로 오늘 읽은 그림책 '나 안 할래'를 읽고 든 생각은 무엇인지 질문했다. 책을 읽고 친구랑 같이 놀 때 친구에게 사정이 있을 수도 있으니 기다려 주고 이유를 물어보겠다. 또 내가 사정이 있으면 친구들에게 잘 설명하고 이해해 달라고 하겠다. 등의 답변이 기억에 남는다. 작품을 통해 성장한 우리 반 아이들을 만나는 순간이었다. 뿌듯했다. 아이들이 한순간에 바뀌길 바라지는 않지만 싸움은 덜 하고 함께 놀기는 많이 하는 우리 반이 되었으면 하는 바람이 담긴 수업이었다.

교수학습 과정안

일시	2023년 4월 6일 (목) 4교시, 6교시	대상	4-○
단원	독서 단원 : 그램책 '나 안할래'	교과서 (차시)	국어 (1~2/17)
학습 목표	☞ 책 속 인물의 삶을 살펴보고 나의 삶과 견주어 보며 내가 어떻게 살아가야 하는지를 정할 수 있다.		
학급구성	남 12, 여 12 (24명)	수업 유형	협동학습

수업의 흐름	교수 . 학습 활동	시간 (분)	자료(▶) 및유의점
배움 열기	〈동기 유발〉 - '나 안 할래' 그림책 표지 보여주고 등장인물 알아보기 - 어디서 일어나는 이야기 인지 예상해보기 - 어떤 내용일지 예상해보기 〈배움 목표 제시〉 　☞ 책 속 인물의 삶을 살펴보고 나의 삶과 견주어 보며 내가 어떻게 살아가야 하는지를 정할 수 있다. 〈활동 안내〉 〈활동1〉 선생님과 함께 그림책 읽기 - 4교시 〈활동2〉 찬성과 반대 토론게임 활동 - 6교시 〈활동3〉 책 속 주인공에게 전하는 말 - 6교시	10분 (4교시)	▶ 그림책 '나 안할래' 의 표지 그림
배움 활동 1	〈활동1〉 그림책 읽기 - 사실 질문 만들기 - 생각 질문 만들기와 사실 질문 만들기를 하는 이유는? - 그림책의 내용 파악하며 이해하기 • 책 속의 내용 파악을 돕는 질문하기	30분 (4교시)	

수업의 흐름	교수 · 학습 활동	시간 (분)	자료(▶) 및유의점
배움 활동 1	• 책 속 등장하는 동물은? • 동물들이 같이 한 놀이는 무엇인가? - **생각 질문 만들기** ★모둠 활동 - 생각 질문은? ☞ 생각 질문 만들기 - 책을 읽은 후의 느낌과 책 속 등장인 물을 서로 비교하거나 일어난 일에 대한 원인을 생각해 보는 질문 • 책 속 등장인물의 행동과 대화 중에서 이해가 되지 않은 부분을 질문으로 만들기 • 각자 만든 질문을 모둠 친구들과 나누며 우리 조 대표 생각 질문을 선정해 보기		
배움 활동 2~3	〈활동2〉 찬성과 반대 입장을 정하고 토론게임 하기 ★모둠 활동 - 가치 수직선에 나의 마음 표현하기1 - 모둠별 입장 정하기 (입장 정하기) - 주장에 맞는 근거(이유)를 3가지 만들어 보기 - 상대방 모둠의 입론(근거)에 따른 반론하기 - 최고의 반론과 불인정 반론 찾고 나누기 - 가치 수직선에 나의 마음 표현하기2 〈활동3〉 책 속 주인공에게 전하고 싶은 말 (허니보드 활용·★개인 활동) - 사슴에게 하고 싶은 말은? - 다람쥐와 너구리에게 하고 싶은 말은? - 내 친구○○에게 전하는 말은?	30분 (6교시)	▶월패드 포스트잇 ▶허니 보드
배움 정리	〈배움 정리〉 생각 넓히기 활동 - 토론게임 후 배운 점과 느낀 점 발표하기 - 오늘 수업 시간 '나 안할래' 그림책을 통해 내가 배운 것은? 〈차시 예고〉 - 다음 차시 그림책 안내	10분 (6교시)	▶배움공책

15

둘째 시간, 그림책 '내가 라면을 먹을 때'

우리 # 하나의 세상 # 행복
관심 # 함께 # 연결 # 도움

· ·

글 하세가와 요시후미

옮김 장지현

출간 2009년

펴낸 곳 고래 이야기

수업 계획

동기유발	· 그림책 '내가 라면을 먹을 때'의 표지 그림 살펴보기
그림책 읽기	· <활동1> 그림책 읽기 - 그림책 장면 내용으로 빙고 게임
생각 나누기와 표현하기	· <활동2> 인상 깊은 문장 찾기 / 작가의 말 쓰기
	· <활동3> 그림책을 읽은 후 소감 적기 (성장일기 쓰기)
정리 및 확인하기	· <배움 정리> 생각 넓히기 활동

4교시 ~ 5교시 (국어 - 프로젝트)
· 오늘의 그림책 (내가 ○○을 먹을 때)
· 활동① : 그림책 속 내용 살펴보기 (빙고 게임)
활동② : [기억에 남는 문장은? / 이해가 안되는 문장은?
          [내가 작가라면 …
활동③ : 너는 (   )게 살고 싶다.

문해력을 높이는 수업 실천

〈동기유발〉

선생님의 하루를 소개하며 학생들의 호기심을 자극했다. 평소에 나에 대해 관심이 지나친 아이들에게 여러 사진을 보여주며 선생님은 하루를 어떻게 보내는지 알려줬다. 물론 사진은 진짜도 있고 가짜도 있다. 학생들은 이제야 선생님의 비밀을 알게 되었다며 흥분한다. 물론 오늘 나의 일상을 공개한 것은 오늘 읽을 그림책이 '내가 라면을 먹을 때'라는 그림책이기 때문이다. 이 책은 내가 라면을 먹을 때 옆집 친구는 즐겁게 텔레비전을 보고 또 누구는 피아노를 배우며 행복하지만 다른 친구는 학교에 가지 못하고 동생을 돌보며 돈을 벌기 위해서 빵을 팔아야 하는 내용이다. 오늘 수업에서 학생들이 이 책을 읽고 나의 편안함과 행복함에 감사하는 동시에 다른 친구의 상황도 이해하며 도움을 줄 줄 아는 마음을 갖길 바라며 행복한 우리 반 만들기 두 번째 책으로 선택했다.

선생님의 하루 소개

자연스럽게 학생들도 자신의 하루를 소개하고 싶어 엉덩이를 들썩인다. 학생들이 오늘 수업에서 어떤 그림책을 만나게 될지 모른 채 자신이 뭘 먹었는지 무엇을 하고 놀았는지 신나게 발표한다.

〈활동1〉 그림책 읽기와 빙고 게임

책의 장면을 얼마나 주의 깊게 살펴봤는지 알아보기 위해 장면마다 나온 상황을 찾아 빙고로 정리하기로 했다. 첫 장 '내가 라면을 먹을 때'로 시작해 마지막 '바람이 분다. 바람이 불었다.'라는 문장으로 이야기가 끝이 난다. 학생들은 중간에 나온 상황들을 기억해서 빙고 칸을 채워야 한다. 프로젝트 첫 시간에 사실 질문 만들기로 내용의 이해를 도왔다면 이번에는 빙고 게임을 통해 이야기의 내용을 이해하도록 구성하였다. 두 활동 모두 목적은 책의 내용 이해에 있다.

책을 읽기 전 다음 활동을 미리 소개해 학생들이 책 읽기 활동에 집중할 수 있게 했다. 게임 형식으로 진행되는 활동이기에 학생들은 촉각을 곤두세우고 내가 읽어주는 책의 장면에 주의를 기울인다. 처음 장면은 라면을 먹는 장면이다. 두 번째 장면은 이웃집 미미가 텔레비전을 보는 장면, 세 번째 장면은 이웃집 디디가 비데 단추를 누르는 장면이다. 이 장면에서 학생들은 폭소를 터트린다. 초등학생에게 변기와 화장실은 웃음 버튼이다. 이로 교실 분위기는 일순간 소란스러워지고 학생들은 책의 내용에 집중하지 않는다. 이제 그냥 웃길 뿐이다. 이게 우리 반 아이들이고 4학년 학생들의 특성인 줄 알면서도 이런 순간 아이들이 별로 예쁘지 않다. 분위기를 전환해 책에 집중하게 만들기 위해 이웃 나라 여자아이가 빵을 파는 장면에서 아이들에게 장면을 보고 드는 생각이 무엇인지 질문했다. 어디선가 "빵이 맛있겠다."라는 말이 들렸다. 평소 같으면 바로 당황했겠지만, 공개수업인지라 차분하게 정신을 가다듬고 "진지하게 다시 한번 생각해보자."라고 하며 분위기를 전환했다. 나중에 그 아이에게 물어보니 진짜 빵 먹고 싶었다고 답해 줬다. 책의 내용 이해보다는 빵이 좋은 나이이다.

그림책을 읽은 후 이야기 속 사건을 찾아 빙고를 만들라고 안내해 줬다. 모둠활동이다. 학생들은 붙임 종이에 생각나는 사건을 쓰고 친구들과 협의하며 총 9개의 사건을 찾아 칸을 채워야 한다. 먼저 빙고를 3개 만드는 모둠이 우승하는 것으로 규칙을 정했다.

그림책 속 사건 9개 찾은 후 빙고 활동

〈활동2〉 인상 깊은 문장 찾기 / 작가의 말 쓰기

주인공이 라면을 먹을 때 다른 친구들이 하고 있었던 일은 무엇일까? 라는 질문으로 활동2를 시작했다. 그림책에서 읽었던 장면을 학생들은 발표한다. 두 번째 질문을 던졌다. 누구는 라면을 먹을 때 왜 어떤 친구는 빵을 팔고, 어떤 친구는 물을 구하고, 심지어 어떤 친구는 배가 고파서 죽어가는 걸까? 사뭇 분위기가 심각하다. 아이들은 가난한 나라에서 태어나서 그렇다고 답했다. 이어서 다음 질문을 했다. 그럼 가난한 나라에서 태어난 아이들은 가난한 나라에서 태어나길 선택할 걸까? 아이들은 침묵한다. 우리 모두 그 아이들이 가난한 나라의 환경에서 태어나길 선택하지 않았음을 알기 때문이다.

이 그림책에서 주제문장은 '바람이 분다.' '바람이 불었다.' 이다. 학생들과 함께 이 문장에 담겨있는 뜻을 생각해봤다. 주제를 파악해 작품을 온전히 이해하기 위해서이다. 학생들에게 '바람이 분다.'의 의미가 무엇일까? 질문해 봤다. '너무 어려웠나!' 교실이 조용하다. 다시 질문을 했다. "여러분은 바람이라는 말을 언제 사용하지?" "시원한 바람이 불어요." "맞아. 그럴 때도 '바람'이네. 그런데 우리가 '바람'이라는 말을 사용할 때가 또 있는데……." 한 아이가 손을 번쩍 든다. "선생님. 어떤 일이 일어나길 기다릴 때 써요." "그래, 맞아. 우리의 바람은 통일입니다. 나의 바람은 가족여행을 가는 것입

20

니다. 와 같이 사용하기도 하네. 그럼 이 그림책에 나오는 '바람이 분다.' '바람이 불었다.'의 의미는 무엇일까?" 모둠별 생각을 팀 보드에 쓰고 의견을 나눠보라고 했다.

'바람이 분다'의 의미 찾기 활동

인상 깊은 답변은 "바람은 어디든지 갈 수 있어서 가난한 나라의 바람이 내가 사는 곳까지 온다는 것 같아요." "바람은 여기저기 다 통하니까 세계도 통한다는 말 같아요." "그래서 가난한 나라 친구들을 도와줘야 할 것 같아요." 훌륭한 해석이다. 또 "모두 행복해지면 좋겠다는 바람 같아요." 등이었다.

두 번째 작가의 말 쓰기 활동은 내가 이 그림책을 쓴 작가라면 독자들에게 어떤 말을 해주고 싶은지 작가가 되어보는 활동이다. 당연히 작품의 주제를 이해하지 못하면 쓰지 못한다. 그냥 작품의 주제를 써 봐라. 할 수도 있지만 작가라고 생각하고 써 봐라. 하면 순간 학생들은 모두 작품의 작가가 되어 몰입할 수밖에 없게 된다. 문해력이 쑥쑥 자라는 활동이다.

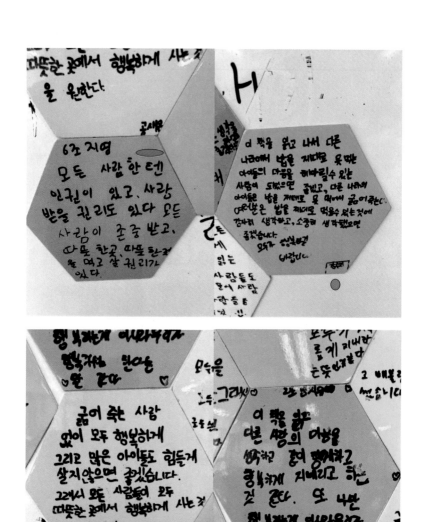

작가의 말 쓰기 활동

〈활동3〉 그림책을 읽은 후 소감 적기 (성장일기 쓰기)

　마지막 활동으로 오늘의 그림책 '내가 라면을 먹을 때'를 공부한 후 든 생각과 느낌을 적어보도록 했다. 단, 앞으로 내가 어떤 사람으로 살아갈지도 포함해서 적어보도록 했다. 이 활동은 작품 속 다른 사람의 삶을 살피고 나의 삶과 견주어 보며 내가 어떻게 살아가야 하는지를 배울 수 있도록 하기 위한 활동이다. 평소에 활용하는 배움 공책에 적도록 했으며 학생들이 쓴 글은 다음 차시 동기유발 자료로도 활용하였다.

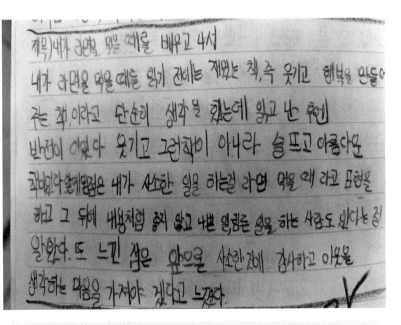

그림책을 공부하고 나서 소감 적기

〈수업을 끝내고〉

이야기의 마지막 장에서 소년의 죽음을 예상한 아이들의 얼굴에 웃음이 사라졌다. 그림책 활용 수업이 좋은 점은 구구절절하게 설명할 필요가 없다는 것이다. 그림책은 '친절해라. 배려해라. 베풀어야 한다.' 등을 직접 설명하지 않아도 학생들이 스스로 느끼며 생각하게 하는 힘이 있다. 교사는 학생들이 생각할 수 있도록 자극하고 도와주며 작품의 주제를 찾도록 이끌어 주면 된다. 또 학생들은 이야기 속 주인공에게 쉽게 몰입하기에 더할 나위 없는 동기유발 아이템이기도 하다. 오늘 수업을 선생님의 설명으로 들었다면 아이들은 이만큼 감동했을까?

교수학습 과정안

일시	2023년 4월 7일 (금) 4교시~5교시		대상	4-○
단원	독서 단원 : 그림책 '내가 라면을 먹을 때'		교과 차시	국어 (3~4/17)
학습 목표	☞ 책 속 인물의 삶을 살펴보고 나의 삶과 견주어 보며 내가 어떻게 살아갈지 정할 수 있다.			
학급 구성	남 12, 여 12 (24명)	수업유형		협동학습
수업 흐름 (단계)	교수 · 학습 활동		시간 (분)	자료 및 유의점
배움 열기	〈동기유발〉 러그미팅형식 - 선생님의 하루를 소개 - 선생님은 저녁에 미술 학원에 가서 그림 그리고, 핫도그 먹고 김밥도 먹고 초밥도 먹었네. - 그때 너희들은 뭐 했을까? - 자신의 하루를 소개하고 싶은 사람 발표해 볼까? - 오늘 선생님과 같이 읽어볼 그림책은 '내가 라면을 먹을 때' - 그림책 표지 보고 이야기 예상하기		15분	▶그림 자료 (선생님 하루)

수업의 흐름	교수 . 학습 활동	시간 (분)	자료(▶) 및유의점
	〈배움 목표 제시〉 ☞ 책 속 인물의 삶을 살펴보고 나의 삶과 견주어 보며 내가 어떻게 살아갈지 정할 수 있다. ♣ 활동안내 〈활동1〉 선생님과 함께 그림책 읽고 책 속 이야기 간추리기 〈활동2〉 '바람이 분다.'의 의미 생각해보기 〈활동3〉 내가 어떻게 살아가고 싶은지 정하고 발표하기		
배움 활동	〈활동1〉 선생님과 함께 그림책 읽고 이야기 간추리기 〈빙고게임〉 - 주인공이 라면을 먹을 때 다른 친구들이 하고 있었던 것은 무엇일까? 〈개별•협동학습- 개별 보드 활용〉 - 〈빙고게임〉 이 그림책을 통해 알게 된 사실은 무엇이 있을까? - 그림책을 통해 알게 된 사실에 대한 의견 말하기 〈활동2〉 '바람이 분다.'의 의미 생각해보기 - 나는 라면을 먹고 있는데 왜 죽는 아이도 있고 학교에 가지 못하는 아이도 있는 걸까? 〈개별학습〉 - 내가 생각한 '바람이 분다'의 의미를 발표해 보기 〈협동학습〉 - **내가 이 그림책의 작가라로 생각하고 작가의 말 써 보기 〈개별-허니콤보드.〉** 〈활동 3〉 그림책을 읽은 후 소감 적기 (성장일기 쓰기) - 내가 어떻게 살아가고 싶은지 정하고 발표하기 **〈배움공책활용〉** - 나는 어떤 사람이 되고 싶은지 생각해 보기	30분	▶화이트 보드 ▶허니콤 보드 ▶배움 공책
배움 정리	〈배움 정리〉 - 오늘 수업을 통해 배운 것과 느낌(생각) 나누기 〈차시 예고〉 - 미술 시간 나만의 그림책 만들기 '내가 라면을 먹을 때' 〈수행과제안내〉 - 만화의 특징을 살펴 나만의 '내가 라면 먹을 때' 그림 만들기	15분	

「활동지1」

생각 질문 토론 학습지

★ 짝과 함께 이야기 나눈 후 내 생각, 짝 생각을 적어 주세요.

그림책 제목	

1. 책 속에서 주인공이 라면을 먹을 때 다른 친구들이 하고 있었던 것은?

짝과 같이하기

2. '바람이 분다.' '바람이 불었다.'의 의미는 무엇일까?

내 생각	짝 생각

3. 인권이라 무엇일까? (★ 조별 협의 후 친구들의 생각을 듣고 정리)

내 생각	친구 1
친구 2	친구 3

4. 인권이 지켜지지 않는 다른 나라에 사는 친구들을 위해 내가 할 수 있는 일은?

내 생각

내가 라면을 먹을 때

※ 8절 도화지를 활용해도 좋아요.
모두가 행복한 세상을 바라며 나만의 그림책을 위한
스토리보드를 만들어 보세요.

★ 스토리보드 만들기 (장면 나누기)

①	②
③	④
⑤	⑥

★ 작가의 말 쓰기

셋째 시간, 그림책 '감사해요'

\# 감사 \# 작은 것 \# 찾는 것
\# 우리 주변

· · · · · · · · · · · · · · · · · · ·

글 이정원
그린이 임성희
출간 2020년
펴낸 곳 걸음동무

수업 계획

동기 유발	· 그림책 '감사해요'의 표지 그림 살펴보기
그림책 읽기	· <활동1> 그림책 읽기 / 글쓴이의 의도 찾기
생각 나누기와 표현하기	· <활동2> 감사 문장 쓰기 / 부모님의 감사 편지 낭독
정리 및 확인하기	· <배움정리> 생각 넓히기 활동

문해력을 높이는 수업 실천

〈동기유발〉

오늘 수업은 지난 시간에 쓴 '내가 라면을 먹을 때' 감상문을 이용해 수업을 열었다. 학생들이 쓴 감상문에서 같은 내용을 뽑아 오늘 수업에서 읽을 그림책 '감사해요'와 연결했다. 지난 수업에서 학생들은 자신의 상황이 얼마나 감사한지 충분히 생각하고 느꼈다. 오늘 수업은 감사함은 '찾는 것'이며 아주 작은 사소한 일도 감사할 수 있음을 배우는 수업으로 설계하였다.

〈내가 라면을 먹을때〉
마지막 장면이 조금 충격적이 없는데
밥도 못먹고 일만 하고 쓰러진게 많이 안타까웠어요.
그래서 저는 사소한 일에도 감사하고 왜에 이 세상에
나와서 이런 모든 걸들을 볼수있다는게 너무 행복하고
감사했어요. 그래서 그런 안타까운 일을 겪은 친구들한테
조금 미안했어요.

행복한 우리반 만들기 대작전

행복의 비밀을 찾는 프로젝트

• 내가 찾은 행복의 비밀은?

첫번째 그림책 - 난 안 할래
두번째 그림책 - 내가 라면을 먹을 때
• 오늘은 세번째 시간 ?

내가 라면을 먹을때 그림책 수업을 끝내고

우리반 아이들은 변했다.

배움공책에 수업 소감을 썼는데
여러 권의 배움 공책에서 비슷한 내용이
발견된 것이다.
그 내용은?

동기 유발

29

그림책의 제목을 가리고 책의 표지를 보여주며 학생들에게 책을 다 읽은 후 제목이 무엇인지 맞춰보자고 하며 그림책의 첫 장을 열었다. 익살스러운 그림을 보자마자 웃음이 나온다. 그림이 정말 사실적이고 재치 넘친다. 돼지가 목욕하며 마실 물과 먹을 음식이 있음에 감사한다. 또 따듯한 물로 샤워할 수 있는 포근한 우리 집이 있음에도 감사한다. 다음 장으로 넘어가며 대화를 나눌 수 있는 가족이 있음에 감사하고 함께 놀 수 있는 친구가 있어 감사하다는 글을 읽은 후 학생들에게 물었다. "혹시 여러분이 감사한 것 있으면 발표해 볼까?" 여기저기 평소보다 손을 더 많이 든다. 그 이유는 뒤에 계신 부모님들 때문일 것이다. 눈치가 생겼다. '매일 아침을 해주시는 엄마에게 감사하고, 학원을 보내주셔서 감사하다고 말한다.' 다행이다. 수업이 의도대로 흘러가고 있는 것 같다. 이렇게 그림책을 모두 읽어 준 후 책의 제목을 맞춰보자고 했다. 아주 쉽게 답이 나온다. "선생님, 감사해요. 맞지요?" 아주 의기양양하다.

활동 1의 핵심은 학생들이 작가가 전하는 메시지 즉 글의 주제를 찾고 이해하도록 하는 것이다. 마지막 장에 주제가 담긴 문장이 있다. '세상에 당연한 건 없어요.' '감사란 아주 작은 것부터 하는 거래요.' '감사란 하는 것이 아니라 찾는 거래요.' 등의 문장을 학생들이 찾고 이해해야 한다. 이를 위해 이 책을 읽은 사람이 어떻게 변화되길 바랄지 작가의 입장이 되어 생각해보고 글로 정리해 보도록 했다. 문해력 신장을 염두에 두고 설계한 수업이다 보니 수시로 생각을 글로 정리하도록 했다. 단, 글쓰기가 힘들고 어렵다 보니 공책에, 보드에, 8절 도화지에 바꿔가며 쓰고 연필로 쓰다 보드마카로 쓰고 네임펜으로도 쓰는 등 다양한 용구를 활용하여 글쓰기를 하도록 했다. 또 혼자 쓰다 둘이 쓰다 넷이서 힘을 합쳐 쓰기도 해 글쓰기를 어려워하는 학생도 부담을 덜 느끼며 글쓰기를 할 수 있도록 활동을 구성해 나갔다.

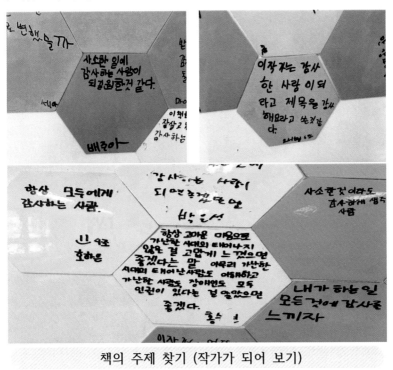

책의 주제 찾기 (작가가 되어 보기)

〈활동2〉 감사 문장 쓰기

활동 2는 우리 주변에서 나의 생활 속에서 감사함을 찾는 활동이다. 감사는 '아주 작은 것부터 하는 거래요.'라는 작품 속 주제문장을 학생들의 삶과 속에서 실천할 수 있도록 또 감사를 연습하기 위해 계획한 활동이다.

학생들이 활동의 흥미를 느끼게 조별 대결 구조의 형태로 릴레이 문장 쓰기를 했다. 정해진 시간 안에 감사 문장을 쓰고 돌아가며 감사 문장을 발표했다. 이때 학생들은 다른 조가 발표한 감사 문장은 발표할 수 없다. 따라서 다른 조의 발표를 경청할 수밖에 없다.

학생들이 감사 릴레이 문장을 쓰고 있을 때 수업을 참관하시는 부모님들도 감사한 점을 찾아 쪽지에 써야 한다. 물론 감사의 대상은 본인의 자녀이다. 학생들의 감사 문장 쓰기 릴레이가 끝나고 부모님들의 감사 쪽지 낭독이 이어진다. 수업 시작 전 부모님들은 학생의 자녀 뒤에 서 계시도록 부탁했기에 직관적으로 어떤 학생의 부모님인지 쉽게 확인할 수 있다.

평소에 철없게 행동하던 아이들도 부모님의 편지 낭독에 숙연해졌고 부모님이 떨리는 목소리로 읽어주는 감사 편지는 학생들을 성장케 하기에 충분했다.

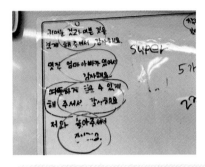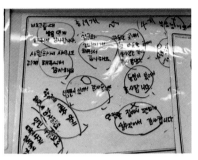

감사 문장 쓰기 릴레이

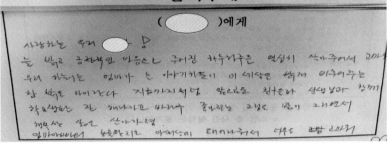

부모님의 감사 쪽지

〈배움 정리〉

　오늘의 수업 마무리를 위한 핵심 질문은 '감사해요'라는 책을 선생님과 읽으며 배운 점은 무엇인지이다. 학생들의 답변은 다양했다.

"생각보다 감사할 것이 많아요."
"세상에 당연한 것 없어요. 모두 감사해요."
"작은 일도 감사할 수 있어요."
"감사는 찾는 거예요."

"선생님은 오늘 배운 감사하는 법을 우리 반 친구들이 잊지 않았으면 좋겠는데…….
"또 생활 속에서 감사를 실천하는 사람이 되었으면 좋겠는데."
"어떻게 하면 감사를 습관화할 수 있을까?"
"학생들은 고민에 잠겨 선뜻 답하지 못한다. 힌트를 줬다. 매일 매일 감사를 연습하면 되는데……. 우리 어떻게 연습할까?"

"매일매일 감사한 것을 찾아요."
"그래 선생님과 같은 생각이구나. 그래서 선생님이 백 감사 일기장을 만들었어."
"짜잔"

1단계 : 내가 가진 것, 내가 속한 환경에 감사하기
2단계 : 내가 아침에 눈을 뜨면서 맞는 일상에 감사하기
아주 사소하더라도 그 모든 것들에서 감사를 찾기
3단계 : 나와 관계를 맺은 사람들에게 감사하기
가장 먼저 가족, 학교의 선생님과 친구 등
4단계 : 내가 모르는 사람이지만 나를 도와주고 있는 사람들에게
감사하기
※ 매일 아침 1교시 수업 시작 전 하루에 5개 이상 쓰기

백 가지 감사일기 쓰기

교수학습 과정안

일시	2023년 4월 12일 (수) 3교시	대상	4-○
단원	그림책『감사해요』	교과서 (차시)	국어 (8/17)
학습 목표	☞ 책 속 인물의 삶을 살펴보고 나의 삶과 견주어 보며 내가 어떻게 살아가야 정할 수 있다.		
학급 구성	남 12, 여 12 (24명)	수업 유형	협동학습

수업의 흐름 (단계)	교수 . 학습 활동	시간 (분)	자료 유의점
배움 열기	〈동기유발〉 - 감상문의 공통점 찾기 - 지난 시간 그림책 '내가 라면을 먹을 때'를 　공부 후 든 생각 나누기 - 오늘 읽을 그림책 예상해 보기 〈배움 목표 제시〉 ☞ 책 속 인물의 삶을 살펴보고 나의 삶과 견주어 보 며 내가 어떻게 살아갈지 정할 수 있다. ♣ 활동안내 〈활동1〉 그림책 읽기 (책 속 내용 살펴보기) 　　　　 감사한 마음 → 긍정의 힘 → 행복 파워 〈활동2〉 감사 문장 쓰기 / 감사 편지 쓰기	10 분	• 학생작품 　(감상문)

수업의 흐름 (단계)	교수 · 학습 활동	시간 (분)	자료(▶) 및 유의점

배움 활동	〈활동1〉 선생님과 함께 그림책 읽고 이야기 간추리기
	
	- '감사해요' 그림책에서 인상 깊은 장면 나누기
	
	- '감사해요' 그림책에서 재미있는 장면 나누기
	
	- '감사해요' 그림책 작가는 이 그림책을 왜 썼을까? 생각 나누기
	
	- '감사해요' 작가는 이 책을 읽는 사람들이 어떻게 변화했으면 하고 바랄까? 생각 나누기
	
	- '감사해요' 그림책의 주제문장 찾기
	
	   " 감사의 내용은 특별한 어떤 것이 아니라……."
	
	〈활동2〉 감사 문장 쓰기
	
	• 돌아가며 감사 문장 쓰기 〈협력학습〉
	
	   - 감사 문장을 모둠원이 돌아가며 릴레이로 써 보기
	
	• 감사 편지 낭독 〈부모님 활동〉
		28분	•개별 화이트 보드
			
			•허니콤보 드 활용 작가의 말 적기
			
			•포스트잇 월패드

배움 정리	- 오늘 더 특별히 감사하고 싶은 것은?
	- 오늘 읽은 그림책 '감사해요'를 읽고 든 생각 또는 느낌은? 배운 것은?
	
	〈배움 정리〉
	
	• 나의 감사일기 쓰기 안내 〈개별학습〉
	
	   ○월 ○일 ( )요일
	   행복해지는 법 - 감사하기
	   ※ 왜 감사한지도 쓰면 더 좋은 감사일기입니다.
	
	〈차시 예고〉
	
	- 그림책 『마음 요리』소개
		5분	•배움 공책

넷째 시간, 그림책 '마음먹기', '마음 요리'

마음
세상 사는 맛은
어떤 마음을 먹었나요?

· ·

지음 엄지짱꽁냥소
출간 2020년
펴낸 곳 노란 돼지

고민 # 고민 해결 # 마음
자기 마음 알기
마음먹기

· ·

지음 엄지짱꽁냥소
출간 2021년
펴낸 곳 노란 돼지

수업 계획

동기유발	• 선생님이 좋아하는 음식 사진 보기
그림책 읽기	• <활동1> 그림책 읽기 - 주제문장 찾기
생각 나누기와 표현하기	• <활동2> 마음 메뉴판 만들기
정리 및 확인하기	• <배움 정리> 생각 넓히기 활동

문해력을 높이는 수업 실천

〈동기 유발〉

우리 반 아이들이 가장 좋아하는 음식이 잔뜩 나오는 그림책 수업이다. 물론 음식이 주인공은 아니다. 음식 만들기를 통해 모든 문제의 해결은 마음먹기에 달렸음을 알려주는 그림책이다.

화려하고 다양한 음식 그림은 아이들을 홀리기에 충분하다. 수업을 계획하는 순간부터 아이들이 좋아할 걸 생각하니 내 마음도 들뜬다. 또 이번 수업은 우리 반 그리기 덕후 들이 좋아할 마음 메뉴판 만들기 활동이 포함되어 있어 이번 프로젝트 중 가장 학생들에게 인기 있는 수업이 되지 않을까 기대한 수업이다.

본격적인 수업 시작을 위해 음식 사진을 보여주며 수업에 시동을 걸었다. 선생님이 속상할 때, 화날 때, 우울할 때 먹는 음식이라면 음식 사진을 보여줬다. 여기저기서 먹고 싶다며 아우성친다. 예상한 반응이다.

여기서 핵심은 계속 이 음식 저 음식을 먹었지만 기분이 풀리지 않았다는 것이다. 그래서 마지막으로 먹기로 한 것이 바로 이것이라며 표지를 가리고 아이들에게 그림책을 보여줬다. 그림책을 읽고 나서 아이들이 모든 것은 '마음먹기'에 달려 있다는 작가의 메시지를 이해하는 것이 이 수업의 골자이다.

〈활동1~2〉 그림책 읽기 / 마음 메뉴판 만들기

그림책을 다 읽고 "이 그림책이 주는 메시지는 무엇일까?"라고 아이들에게 질문했다. 아이들은 아주 쉽게 이 책의 마지막 문장인 "어떤 마음을 먹느냐에 따라 세상 사는 맛이 달라진대요."라고 답했다.

아이들이 너무 쉽게 주제 문장을 찾아 원래 계획한 한 줄 평 쓰기 활동을 발표로 대신했다. 이 그림책이 주는 메시지를 한 줄 평으로 발표하게 했다.

"행복은 마음에 있어요."
"마음먹기에 따라서 행복할 수도 있고 불행할 수도 있어요."
"마음이 중요해요."

더 이상 설명을 덧붙이지 않았다. 아이들이 스스로 생각하고 느끼게 하고 싶었다.

선생님도 어른이지만 힘들고 불안하고 걱정하는 마음이 생길 때가 있다고 고백 아닌 고백을 했다. 다름 아닌 이번 수업을 준비하며 걱정이 많아서 잠도 못 자고 수업에 대한 고민이 많았다고 알려줬다. 이런 마음을 선생님만의 마음 요리로 해결했다고 자랑하며 나만의 마음 요리를 소개했다.

메뉴 : 마음 들볶음	
‣ 선택 이유 공개수업에 대한 걱정으로 마음이 들볶임	‣ 조리 방법 긍정적으로 생각하고 수업 준비
‣ 응원 되는 말 "도와줄까?" 하면 엄청나게 응원 됨	‣ 듣기 싫은 말 "시간이 해결해 줄 거야" 이런 말은 힘이 되지 않음

선생님 마음 메뉴

아이들도 선생님의 걱정과 불안한 마음에 공감하는 눈치다. 성공이다. 나의 연기력이 빛을 발한 순간이다. 자연스럽게 아이들에게 너희들은 언제 어떨 때 힘든 마음이 들었는지를 물었다. 자기 이야기 좋아하는 우리 반 아이들이 신나서 경험담을 들려준다. '그렇구나!' 나도 아이들의 마음에 공감했다.

이번에는 너희 차례니 마음껏 나만의 마음 메뉴를 만들어 보라고 했다. 학생들이 잘 이해하고 할 수 있을까 걱정이 많은 활동이었는데 다행히 놀랍고 따뜻한 마음 메뉴 작품이 여럿 나왔다. 아이들의 순수함에 절로 마음이 따뜻해졌다.

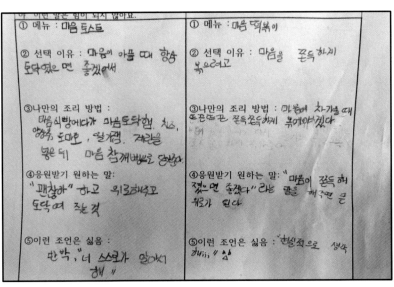

① 메뉴 : 마음 토스트

② 선택 이유 : 마음이 아플 때 항상 토닥였으면 좋겠어서

③ 나만의 조리 방법 :
마음식빵에다가 마음토닥함, 치즈,
양초, 도마토, 덜커덩, 재잘을
넣은 뒤 마음 참깨빵으로 덮는다

④ 응원받기 원하는 말 :
"괜찮아" 하고 위로해주고
토닥여 주는 것

⑤ 이런 조언은 싫음 :
딴박, "너 스스로가 알아서 해"

① 메뉴 : 마음 떡볶이

② 선택 이유 : 마음을 쫀득하게 볶으려고

③ 나만의 조리 방법 : 마음이 차가울 때 쫀쫀뜨끈 쫀득쫀득하게 볶어야겠다

④ 응원받기 원하는 말 : "마음이 쫀득해졌으면 좋겠다"라는 말을 해주면 큰 위로가 된다

⑤ 이런 조언은 싫음 : 현실적으로 생각 해봐, 싫음

① 메뉴 : 마음 부침

② 선택 이유 : 마음이 아플때 다시 마음을 붙여서 마음이 안 아프게 하고싶어서

③ 나만의 조리 방법 : 마음을 덥물수 있도록 항상 긍정적이게 생각하기

④ 응원받기 원하는 말 : 마음을 다시 덥으려면 칭찬하는 말을 귀 주면 마음이 덥어져요.
예 : "힘내" "대단해" 등등

⑤ 이런 조언은 싫음 :
"너는 아무것도 못해"라는
상처주는 말을 하면 힘이 안나요.

① 메뉴 : 마음 주스

② 선택 이유 : 동생은 기분이 나쁘고
나는 기분이 좋을 때 동생이 기분이 좋
-들고 싶어서 내 마음을 주고싶어서

③ 나만의 조리 방법 : 동생한테 예쁜말
하기, 칭찬 해주기

④ 응원받기 원하는 말 : 동생이 "언니
고마워"라고 하면 기분이 좋아져요.

⑤ 이런 조언은 싫음 : "너는 왜 굳이
동생 좋~ 쩌쩌쩌 하냐"이런말은
싫어요.

학생들의 마음 메뉴 ①

41

학생들의 마음 메뉴 ②

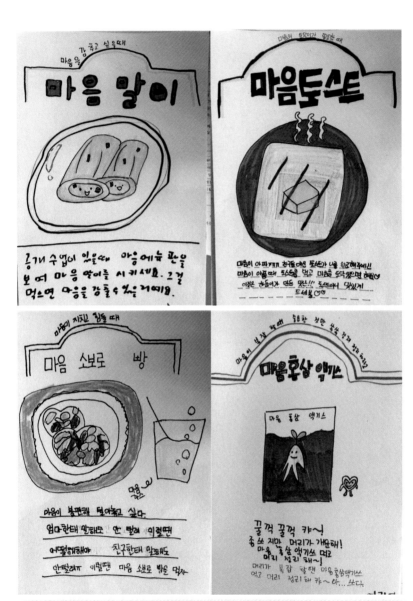

학생들의 마음 메뉴 ②

〈배움 정리〉

　이번 수업의 핵심은 힘든 일 또는 갈등이 생겼을 때조차도 마음먹기에 따라서 문제를 해결할 수도 있고 행복해질 수도 있음을 아이들이 깨닫게 하는 것에 있었다. 아직 어린 11살 어린이들이라 마음먹기에 따라 세상 사는 맛이 달라지는 경험을 많이 하지는 않았겠지만 그럴지라도 그런 우리 반 친구들이 마음먹기가 얼마나 중요한지 알았다면 오늘 수업은 성공이다.

　특히 마음 메뉴를 만드는 활동에서 문제 해결 방법을 차분하게 글로 쓰며 마음먹기에 중요성을 한 번 더 생각할 수 있다. 또, 친구들에게 힘든 일이 있을 때 이렇게 마음먹어보라고 권유하지만 사실 자신 또한 마음먹기를 연습할 수 있게 된다.

　오늘 수업을 통해 배운 것은 행복한 마음도, 화나는 마음도, 불행하다고 느끼는 마음도 모두 내 마음에서 나왔다는 것이다. 누구의 탓도 아니고 그냥 우리가 그렇게 마음먹었기 때문이다.

　오늘 수업은 그림책의 문장을 인용해 마무리하려 한다.
　　“ 오늘은 어떤 마음을 먹었나요? ”

『나만의 마음 메뉴판』

♣ 읽은 책 제목 :

♣ 주제문장 쓰기 :

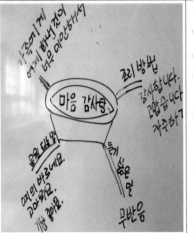

<예시>

① 메뉴선택 : **마음 짬뽕**

② 이유 : 마음이 뒤범벅 섞여서

③ 나만의 조리 방법 : 하나하나 차분히 내 마음을 글로 정리

④ 공감 조언(지지): "고민 들어 줄게" 같이 해결해 보자. 해주면 엄청나게 응원이 돼요.

⑤ 듣기 싫은 말 : "별건 아닌데 너는 왜 이리 심각해" 이런 말은 도움이 되지 않아요.

교수학습 과정안

일시	2023년 4월 13일 (목) 4~6교시	대상	4-○
단원	그림책 '마음 먹기'와 '마음 요리'	교과서 (차시)	국어·미술 (9~11/17)
학습 목표	☞ 책 내용을 살펴보고 나의 삶과 견주어 보며 내가 어떻게 살아가야 하는지를 정할 수 있다.		
학급구성	남 12, 여 12 (24명)	수업유형	협동학습

수업의 흐름 (단계)	교수 · 학습 활동	시간 (분)	자료 유의점
배움 열기	〈동기유발〉 - 선생님이 행복한 순간은 음식 사진을 볼 때 - 여러 음식 사진 보며 이야기 나누기 - 계란 후라이 사진 보며 이야기 나누기 - 오늘 읽을 그림책 예상해보기 - 그림책 보여주며 그림책 읽어주기 〈배움 목표 제시〉 ☞ 책 속 인물의 삶을 살펴보고 나의 삶과 견주어 보며 내가 어떻게 살아갈지 정할 수 있다. ♣ 활동안내 〈활동1〉 그림책 읽고 내용 간추리기 〈활동2〉 '마음 메뉴' 만들기	10분	• 그림 자료
배움 활동	〈활동1〉 그림책 읽고 내용 간추리기 - '마음먹기' 그림책에서 인상 깊은 장면 나누기 - '마음먹기' 그림책에서 재미있는 장면 나누기 - '마음먹기' 그림책 작가는 이 그림책을 왜 썼을까? 생각 나누기 - '마음먹기' 작가는 이 책을 읽는 사람들이 어떻게 변화했으면 하고 바랄까? 생각 나누기 - '마음먹기' 그림책을 읽고 한줄평 만들어 보기 " 사는 방식은 결국 ( ) 달려 있다."	30분	

수업의 흐름 (단 계)	교수 . 학습 활동	시간 (분)	자료 유의점

배움
활동
	〈활동2〉 '내 마음은 내 마음대로' 마음 메뉴 만들기
	
	• 요즘 마음 상태에 딱 맞는 메뉴를 골라보기, 메뉴판에 마음에 꼭 맞는 요리가 없다면 신메뉴로 출시
	
	┌─────────────────────────────┐
	메뉴를 골라, 그것을 선택한 이유와 자신의 메뉴에 대한
	자세한 설명을 덧붙여 주세요.
	└─────────────────────────────┘
	
	- 요즘 나의 상황에 맞는 마음 메뉴 골라보기
	
	- 복잡하고 어려운 마음일 때 어울리는 메뉴는?
	
	- 내 마음을 몰라 줄 때 어울리는 메뉴는?
	
	- 마음이 초조할 때 어울리는 메뉴는?
	
	• 선생님의 신메뉴 소개하기 '마음 들볶음'
	
	① 신메뉴 : 마음 들볶음
	② 메뉴선택 이유 : 공개수업이 잘 될지 걱정되어서
	③ 나만의 조리 방법 : 좋은 수업아이디어가 떠오를
	   때마다 메모하면 미리 준비
	④ 응원 되는 말 : 어려움을 겪을 때 누군가가 옆에서
	   "내가 도와줄까?" 해주면 엄청나게 응원이 돼요.
	⑤ 이런 조언은 사양× : "시간이 해결해 줄 거야"
	   이런 말은 힘이 되지 않아요.
		60분	•개별
			화이트
			보드
			
			• 허니
			콤보드

배움 정리	〈배움정리〉 - 오늘 수업을 통해 배운 것과 느낌(생각) 나누기 〈차시예고〉 - 그림책 『쿠키 한입의 행복 수업』 소개하기	10분	

47

다섯째 시간, 그림책 '쿠키 한입의 행복 수업'

감사 # 행복 # 나눔 # 쿠키
희망 # 책임 # 끈기 # 요리
· ·
글 에이미 크루즈 조렌탈
그림 제인 다이어/옮김 최현경
출간 2009
펴낸 곳 책 읽는 곰

수업 계획

동기 유발	· 그림책 '쿠키 한입의 행복 수업' 표지 그림 살펴보기
그림책 읽기	· <활동1> 그림책 읽기 – 그림책 장면 내용으로 빙고 게임
생각 나누기와 표현하기	· <활동2> 빙고 게임
	· <활동3> 덕목 사전만들기
정리 및 확인하기	· <배움 정리> 생각 넓히기 활동

문해력을 높이는 수업 실천

오늘 수업의 시작은 쿠키 만들기 동영상으로 시작했다. 아이들이 관심을 보이며 직접 해보고 싶다며 성화를 부린다. 쿠키 만들기는 다음에 기회 있을 때 하기로 하고 오늘 선생님이 읽어 줄 그림책도 아주 재미있다고 하며 오늘 그림책을 읽어 주었다.

동영상을 시청 후 여러분이 쿠키를 만들면 누구에게 선물하고 싶냐고 물었다.

"가족과 함께요."
"혼자 먹고 싶어요."
"친구랑 같이요."

다양한 답변이 쏟아진 가운데 선생님이 오늘 읽어 줄 그림책의 주인공은 누구에게 쿠키를 선물할지 너무 궁금하다며 빨리 읽어보자 했다.

여느 때와 같이 내 의자 주위로 아이들은 모여든다. 그림책을 읽어 줄 때면 아이들은 자리에서 일어나 내 주변에 앉는다. 이것이 리딩 버디를 할 때나 내가 그림책을 읽어 줄 때의 우리 반 모습이다.

프로젝트의 마지막을 장식할 그림책인 '쿠키 한입의 행복 수업'은 쿠키를 만들며 고마움을 표현하는 것, 베푸는 마음, 책임을 다하는 것, 절제하는 것, 보답하는 것, 끈기 있다는 것, 나눈다는 것, 감사하는 것의 가치들을 배울 수 있도록 구성되어 있다. 우리 반 행복 찾기 프로젝트의 여정에서 배운 가치들이 집약된 그림책이다. 마지막 수업에 어울리는 그림책이 아닐 수 없다.

〈활동1〉 그림책 읽기

꼼꼼하게 책의 내용을 살펴야 덕목 사전 만들기를 할 수 있음을 아이들에게 예고하고 책의 내용에 좀 더 집중하도록 만들었다. 책의 주제를 살펴보기 위해 의미 있는 문장을 찾아 발표해 보게 했다.

"베푸는 마음이란, 쿠키를 하나도 받지 못한 사람들을 위해 커다란 꾸러미를 따로 마련해 두는 거야."
"감사한다는 건, 식탁에 모여 앉은 사람들과 차려 놓은 쿠키를 둘러보며 기쁨을 느끼는 거야."
"기쁨이란, 나는 행복해요, 랄랄라라. 쿠키 굽는 냄새가 정말 좋지 않나요?"

위 문장들을 학생들은 많이 기억하고 의미 있다고 발표했다.

이번에는 책 속에 나와 있던 여러 가치 중 내 맘에 드는 가치는 무엇인지 질문했다.

기대, 고마움, 베푸는 마음, 책임, 절제, 보답, 끈기, 나눈다는 것, 감사 등 다양한 답변이 나왔다. 또 예상 밖의 대답도 있었다. 아이들은 '다른 사람한테 물어보지도 않고 마지막 남은 쿠키를 먹어버리는 행동'을 표현한 이기심도 지켜야 할 덕목은 아니지만 기억에 남는다고 말했다.

〈활동2~3〉 빙고/ 덕목 사전만들기

다음 활동인 4*4 빙고 칸을 채우는 활동이다. 이 활동을 위해서는 아이들은 책의 내용을 기억해야 한다. 앞에서 교사인 나와 함께 책의 내용을 살펴봤다면 이번 활동은 모둠별로 학생들이 협력해야 한다. 그래야만 수월하게 빙고 칸을 채울 수 있다.

게임으로 활동을 구성할 때마다 고민되는 것은 경쟁에만 몰두하여 다른 조의 발표에는 관심이 없는 아이들이다. 이번 수업에서도 예상처럼 아이들은 흥분해서 떠들며 다른 조의 발표는 듣지 않았다. '다음번에는 조별 경쟁 구도가 아닌 반 전체가 같이 협력하여 빙고를 완성하도록 구성해야지'하는 생각이 들었다. 이런 생각은 왜 항상 수업을 망친 후 나는지 모르겠다.

책 속 덕목 찾아 빙고 하기

이번 시간 마지막 활동은 책 속에서 소개한 여러 가치 중 4개를 골라 나만의 덕목 사전으로 만들어 보는 활동이다. 이 활동을 통해 이번 시간 배운 가치들을 학생들이 내재화했으면 하는 바람이 있었다.

책 속에서는 절제를 쿠키를 적당히 먹는 것으로 설명했고 우리 반 아이는 "저녁에 게임을 하고 싶은 것을 참는 것"이라고 정의했다. 또 책에서 책임을 쿠키 틀을 정리하는 것으로 설명했는데 우리 반 아이 중 한 명은 책임을 교실에서 키우고 있는 강낭콩을 잘 보살펴주는 것이라 정의했다. 이 활동은 그야말로 작품 속의 가치를 탐구해 자신 삶에 적용해 볼 수 있도록 기회를 주는 활동이다.

★ 나만의 덕목 사전 만들기

덕목	설명
기쁨	토요일 아침에 일어났을 때
책임	자기가 한일을 자기가 맡아서 해결하는
절제	저녁에 게임을 하고싶은 것을 참는 것
믿음	엄마가 치킨을 시켜주시는 것을 믿는것이

나만의 덕목 사전 만들기

덕목	설명
상냥	상냥이란, 화내며 말하지 않고 착하게(?) 말하는 것이다.
책임	냉콩이를 잘 보살펴주는 것이다.
나눔	언니에게 과자를 주는 것을 나눔이다.
행복	행복하는것을 행복이라고 한다.

나만의 덕목 사전만들기

〈배움 정리〉

　이번 시간을 정리하는 동시에 프로젝트를 마무리하는 활동으로 배움 정리 시간만 한 시간이 걸렸다. 처음부터 한 차시 수업으로 정리 시간을 계획한 것은 아니었다. 예상과 달리 쉽게 찾지 못하는 그림책 주제도 있어 계획을 수정해 마무리 활동에 40분을 온전히 사용했다.

 마무리 시간 첫 번째 활동은 각 그림책이 알려준 행복의 비밀을 찾는 것이다. 모둠별로 의논해서 모둠 보드 판에 각 그림책의 주제를 찾아 문장으로 정리해야 하는 활동이다. 서로 협의를 열심히 한 후에 그림책의 주제를 문장으로 정리해야 한다. 끊임없이 문장 쓰기를 연습한 덕분인지 이제 제법 말이 되는 문장을 쓴다. 3월만 해도 무슨 말인지 모르는 문장을 보며 서로 웃고 즐거워했었다. 문해력 수업을 할 때는 맞춤법이 틀려도 문장이 어색해도 된다는 허용적인 분위기가 중요하다. 주눅 들지 않아야 학생들이 자유롭게 생각을 문장으로 글로 쓴다.

 두 번째 활동은 지금까지의 프로젝트를 돌아보며 내가 성장한 부분에 대해 글로 쓰는 활동이다. 일명 우리 반은 이런 글쓰기를 '나의 성장일기'라고 부른다. 나의 성장일기 쓰기 시간이 돌아왔다. 평소 글쓰기를 싫어하는 아이들도 군말 없이 글쓰기에 동참하길래 내심 놀라면서도 태연히 아이들을 격려했다. 결과물을 보고 나니 보람차지 않을 수 없었다. "연습은 차이를 만든다."는 격언이 생각나는 순간이다.

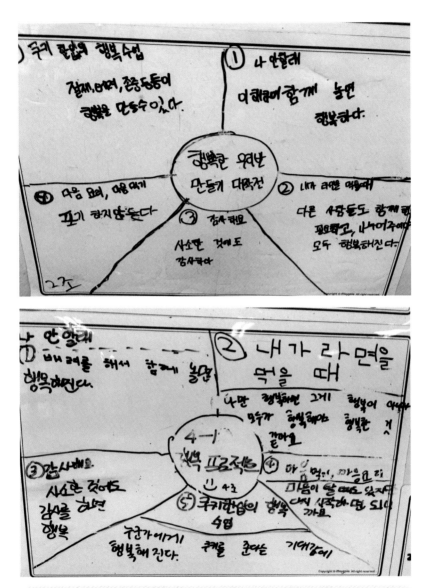

각 그림책이 알려주는 행복의 비밀 찾기 활동

나의 성장 일기 4학년1반

1.배운점: 나는 4-1반프로젝트를하면서 마음이속상할때 끈기있는 마음을 가져야 한다는걸 배웠고 마음을 크게 먹어야한다는걸 배웠습니다. 그리고 내가 라라면 먹을때 라는 책을 읽고 앞으로는 나누며 살아가 사람이되야 한다는걸 같았습니다. 내가 이렇게 잘살고 있는데 다른 나라 사람은 굶어죽고 빌도해 야해서 굶어죽는 사람을 위해 도우며 살아가야 한다는걸 배웠습니다.

2. 나의 다짐: 나는 앞은 사람들을 위해 도우며살아가고 굶어 죽는 사람들을 위해 나누며 살아가고 이렇게 살아가기 위해 노력 하는 사람이되겠습니다. 힘들어도 끈기있게 넘어가는 사람 이되게 노력 합니다.

3. 변화하고 싶은것: 4-1반 프로젝트를하면서는 별로행복하지 않았는데 이게는행복하다 더행복해졌으면좋겠다. 그리고 나의 마음 더커졌으면 좋겠다. 내가 기뻐졌으면 좋겠다.

4-1 행복 프로젝트 마감 후

① 4 안할래를 읽고나서
배운점: 친구가 무언가를 못할때 이해, 배려를 해주는 것을 원래 알고 있었지만 더 깊이 마음에 새길 수 있었다. 나는 친구들을 더 많이 배려할 느낀 점: 배려하는 형을 하나가 사이와 분위기를 바꿀 수 있구나 라고 느꼈다.
나의 다짐: 앞으로 나도 사람을, 친구들에게 배려를 많이 하는 사람이 될 것이다.
내가 고칠점: 친구들에게 많이 배려하지 않았던 것 같아 앞으로 더 배려를 해줄 것이다.

② 내가 라면을 먹을 때를 읽고나서
배운점: 우리 모두가 서로서로 연결이 된 한 사람이 아프면 나도 마음이 아픈 거를 배웠다.
느낀 점: 사람들은 항상 연결이 되어 항상 다 같은 감정을 느끼고 있겠지 라
나의 다짐: 나도 누군가를 어려운 사람들 고, 나눌것이다. 그러면 우리 모두가 날 것 같다.
내가 고칠점: 누군가를 많이 베풀지 못 같다. 앞으로 내 주변에서 힘든 사람들이 베풀 것이다.

③ 감사해를 읽고 나서
배운 점: 사소한 일에도 감사하면 내가 행복 해지는 사람이 된다는 것을 배웠다.
느낀 점: 이 책의 주인공은 돼지처럼 사소한 일들에도 감사를 하니 아무리 그림이어도 정말 행복해 보였다.
나의 다짐: 앞으로 나 사소한 일에도 감 사하며 살 것이다.
내가 고칠점: 지금까지 사소한 것에 감사를 느끼지 못한 것 같아 앞으로 감사를 잘 느끼려고 할 것이다.

④ 마음 먹기 마음요리를 읽고나서
배운 점: 마음을 다시 먹고시작하는 어 있었는데 이 말대로 실패 했을 포기하지 않고 다시 시작하는 느꼈다.
느낀점: 포기하면 다른 마 지 못한 느낌의 돼...
나의 다짐: 앞으로 실패해 다시 마음을 먹을 것이다.
내가 고칠점: 너무 다른 맞은 거 같아 앞으 실패해도 부정적 생각하지 않고 덕을 것이다.

⑤ 국기 한 인의 행복 수업을 읽고나서
배운점: 누군가에게 무언가를 준다는 기대감이 커다는 것을 알았다.
느낀점: 왜땅 포장하는 것이 크고 크지 하는 느낌이 들었
나의 다짐: 너무 크면 기대가 없었잖아
나의 고칠점: 항상 기대를 너 몸에 받을...

나의 성장일기 쓰기

교수학습 과정안

일시	2023년 4월 14일 (금) 3~5교시	대상	4-○
단원	그림책 「쿠키 한입의 행복 수업」	교과서	국어(12~14/17)
학습 목표	☞ 책 속 인물의 삶을 살펴보고 나의 삶과 견주어 보며 내가 어떻게 살아가야 하는지를 정할 수 있다.		
학급 구성	남 12, 여 12 (24명)	**수업유형**	협동학습

수업의 흐름 (단 계)	교수 . 학습 활동	시간 (분)	자료 및 유의점
배움 열기	〈동기유발〉 - 쿠키 만들기 동영상 시청 - 쿠키 만들기를 하면 주고 싶은 사람이 있나요? - 누구에게 왜 주고 싶나요? - 오늘 읽을 그림책 예상해보기 - 그림책 보여주며 그림책 읽어주기 〈배움 목표 제시〉 ☞ 책 속 인물의 삶을 살펴보고 나의 삶과 견주어 보며 내가 어떻게 살아갈지 정할 수 있다. ♣ 활동안내 〈활동1〉 책 속 내용 살펴보기 〈활동2〉 나만의 덕목 사전만들기 〈활동3〉 행복 릴레이	10분	▶쿠키 만들기 영상 자료
배움 활동	〈활동1〉 선생님과 함께 그림책 읽고 이야기 간추리기 - 그림책에서 인상 깊은 장면 나누기 - 작가는 이 그림책을 왜 썼을까? (★모둠 활동) - '쿠키 한입의 행복 수업' 작가는 이 책을 읽는 사람들이 어떻게 변화했으면 하고 바랄까? 작가의 말은? 생각 나누기 (★모둠활동) - '쿠키 한입의 행복 수업'이라는 그림책의 주제를 나타내는 문장은 무엇일까? (★모둠활동) "베푸는 마음이란 쿠키를 하나도 받지 못한 사람들을 위해 커다란 꾸러미를 따로 마련해 두는 거야"	20분	

수업의 흐름 (단 계)	교수 · 학습 활동	시간 (분)	자료 및 유의점
배움 활동	〈활동2〉 빙고/나만의 덕목 사전 만들기(★학습지 활용) ★ 빙고 게임 - 이야기 속에서 소개한 가치(바른길·덕목)는? ★ 나만의 덕목 사전만들기 • 예 : 베푸는 마음-동생이 내 물건을 가지고 싶어 할 때 　　　　한 번 만지게 해 주는 것 　예 : 책임감-골드의 밥을 챙겨주고 보살피는 것 　예 : 배려·사려 깊음-아픈 동생을 도와주고 천천히 기다려 주는 것 　책임감, 보답, 절제, 존중, 배려, 평화, 사려 깊음, 베푸는 마음 등 〈활동3〉 행복의 비밀 찾기 / 성장일기 쓰기 ★ 행복의 비밀 찾기 미션 - 책 속에서 말하는 행복의 비밀은? - 5권의 그림책이 말하는 행복의 비밀을 글로 정리하기 - 모둠 친구들과 협력하여 팀 보드에 행복의 비밀을 글로 정리 ★ 나의 성장일기 쓰기 - 5권의 그림책을 공부한 후 내가 생각한 것과 느낀 점을 포함한 　나의 성장일기 쓰기 - 내가 성장한 부분과 앞으로 내가 성장할 부분, 노력할 부분이 　들어가게 성장일기 작성	20분 50분	▸개별 화이트 보드
배움 정리	〈배움정리〉 - 기억에 남는 프로젝트 활동은? - 프로젝트를 통해 내가 배운 것은? - 행복한 나가 되기 위해 내가 노력할 것은? 〈차시예고〉 - 도덕 시간 : 나만의 행복 헌장 만들기	20분	•배움 공책

그림책 「쿠키 한입의 행복 수업」

★그림책 『쿠키 한입의 행복 수업』속의 덕목을 찾아 주세요.

친구들과 협력하여 16개의 덕목을 찾아 아래 빙고 칸을 채워보세요.

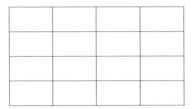

★ 나만의 덕목 사전만들기 (나의 상황에 맞게 설명 쓰기)

덕목	설명

★ 각 그림책에서 알려주는 행복의 비밀은 무엇일까요? 지금까지 공부한 여러 그림책의 주제를 생각하며 행복의 비밀을 찾아 주세요.

나 안 할래	
내가 라면을 먹을 때	
마음먹기/ 마음 요리	
감사해요	
쿠키 한 입의 행복 수업	

프로젝트 지도 계획

주제		행복한 우리 반 만들기 대작전!		기간	3월-4월
교과 및 단원	도덕	2. 공손하고 다정하게		차시	17차시
	국어	1. 생각과 느낌을 나누어요. 3. 느낌을 살려 말해요. 4. 일에 대한 의견			
	미술	1. 우리들의 교실 꾸미기 / 4.나도 만화가			
	창체	자율활동 - 학급 어울림 시간 (다문화교육, 장애이해교육)			
성취 기준	도덕	◦ 문화에 대해 종합적인 관점에서 올바르게 이해하고, 다문화 사회에서의 타인의 인권을 존중하는 바람직한생활 태도를 지닐 수 있다. ◦ 행복한 사회를 만들기 위해 지켜야 할 예절에 대해 알고 실천할 수 있다. 〈수행과제 - 예절 실천〉			
	국어	◦ 작품 속 인물, 사건, 배경에 대해 설명한다. ◦ 내용을 이해하기 쉽게 발표할 수 있다. ◦ 생각과 느낌을 효과적으로 표현한다.			
	미술	◦ 생활 속에서 미술이 다양하게 활용됨을 안다. 〈수행과제 - 글씨 디자인〉 ◦ 올바른 태도로 미술 작품을 감상한다. ◦ 만화의 구성 요소와 특징을 알고 이야기가 있는 만화를 그릴 수 있다. 〈수행과제 - 만화 그리기〉			
역량		공동체 역량, 의사소통 역량, 자기 성찰·계발 역량, 문화 향유 역량, 비판적 창의적 사고 역량			

교과	차시	주제	학습활동	비고 (평가계획)
국어	1-2	주제 만남	그림책 읽기 - 사실 질문 만들기 생각 질문 만들기 찬성과 반대 입장을 정하고 토론게임 하기 책 속 주인공에게 전하고 싶은 말	그림책 '나 안할래'
국어	3~4	내용 간추리기 생각 나누기	그림책 읽기 - 그림책 장면 내용으로 빙고 게임 '바람이 분다.' 의미는? / 내가 작가라면 그림책을 읽은 후 소감 적기 (성장일기 쓰기)	그림책 '내가 라면 먹을 때'
미술 창체	5~7	표현 하기	나만의 그림책 만들기 (8절 도화지, 4절 도화지) - 인권이 존중받는 상황을 골라 장면으로 표현 - 모두가 행복한 세상을 바라는 그림책 만들기	〈평가〉 만화 그리기

교과	차시	주제	학습활동	비고 (평가계획)
국어	8	내용 간추리기 생각 나누기	그림책 읽기 - 주제문장 찾기 감사 문장 쓰기 / 부모님 감사 편지 낭독 백 가지 감사일기 쓰기 안내	그림책 '감사해요'
국어 미술	9 ~ 11	내용 간추리기 생각 나누기	그림책 읽기 - 주제문장 찾기 마음 메뉴 만들기 1 마음 메뉴 만들기 2	그림책 '마음먹기와 '마음 요리'
국어	12 ~ 14	내용 간추리기 생각 나누기	그림책 읽고 이야기 간추리기 빙고 게임으로 책 속 가치들 살펴보기 나만의 덕목 사전만들기 (★학습지 활용) 프로젝트 마무리 1 - 행복의 비밀 찾기 프로젝트 마무리 2 - 나의 성장일기 쓰기	그림책 '쿠키 한입의 행복 수업'
창체	15	창체 학급 어울림	학급 경계 세우기 - 행복한 우리 반을 위한 약속 정하기 - 우리 반에 필요한 약속은?	창체 자율활동 (학급회의)
미술	16 ~ 17	글씨 디자인 표현하기	글씨 디자인을 이용해 학급 규칙 표현하기	〈평가〉 글씨 디자인

프로젝트 관련 그림책 소개

책 이름	지은이	책 이름	지은이
나 안할래 【수업활용】	안미란	감사해요 【수업활용】	이정원
내가 라면을 먹을 때 【수업활용】	하세가와 요시후미	이 세상 최고의 딸기	하야시 기린
마음먹기 【수업활용】 마음 요리 【수업활용】	엄지짱 꽁냥소	쿠키 한 입의 행복 수업 【수업활용】	에이미 쿠루즈 로젠탈

'온 책 읽기와 문해력의 상관관계'

문해력 향상을 위한 가장 좋은 수업 도구는 '책'이다. 문해력이란 글을 이해하는 능력인데, 온 책 읽기를 활용하면 학생들의 수업 참여도를 높일 수 있으며 학생들에게 책 한 권을 다 읽었다는 성취감도 줄 수 있다. 즉, 적극적인 책읽기 경험을 통해 학생들은 자연스럽게 문해력을 기를 수 있게 된다는 것이다.

하지만 온 책 읽기 수업을 하다 보면 뜻하지 않는 문제 상황이 일어나곤 한다. 한 학생이 모르는 단어의 뜻을 물어본다. 교사가 이 단어의 뜻을 설명해주기 보다 '행간'을 읽으면서 단어 뜻을 생각해 보도록 한다. 그 때, 다른 학생이 기다렸다는 듯 주변에 있는 단어들의 의미도 모르겠다고 한다. 그럴 수 있다고 생각하며 교사는 그 단어 뜻을 설명해주고, 그 날 수업은 꼬리를 무는 단어 질문 폭격으로 끝이 난다.

그렇다면 학생의 단어 수준에 맞는 책을 선정하면 해결될 문제가 아닐까? 학생의 단어 수준에 맞는 책을 고르고 나니 이번에는 학생의 관심사에 맞는 소재의 책을 선정하느라 진땀을 뺀다. 그렇다고 해서 고학년 학생들에게 글밥이 적은 '어린이용' 동화책만 읽으라고 할 수는 없지 않은가. 이에 교사는 학생이 이해하기 쉬운 문체를 지니면서 여전히 학생들에게 흥미로운 소재를 지녔으며 학생들에게 진한 울림을 주면서 교육과정 성취기준에 어울리는 '완벽한' 책을 찾기 위한 여정을 떠난다.

이렇듯 온 책 읽기 수업은 수많은 책들을 읽고 수업 목표와 학생들의 관심사와 수준에 어울리는 책을 찾아내는 것에서 시작한다. 그래서 6학년 학생들의 문해력을 향상시키기 위해 모래알 속 진주를 찾아내듯이 고른 책이 바로 극작가이자 어린이문학 작가인 한윤섭 작가의 '해리엇'이다.

'해리엇과 함께하는 문해력 향상 프로젝트'는 6학년 1학기 국어과 성취기준을 분석하여 총 3개 단원, 6개 핵심 성취기준, 28차시 수업을 재구성했으며, 궁극적으로 학생들의 문해력 신장에 초점을 맞추었다. 학생들은 책의 흐름을 따라가면서 글의 내용을 파악하면서 앞으로의 내용을 추론하고 등장인물의 삶의 가치를 파악하게 된다. 더 나아가 동일한 내용으로 각색된 '어린이 희곡 해리엇' 책을 활용하여 연극 활동까지 연계되도록 프로젝트를 계획했다.

이번 프로젝트를 통해 고학년 학생들이 온 책 읽기를 적극적인 수업 도구로 활용하여 문해력 향상을 위해 적극적인 책 읽기를 하는 경험을 제공하고자 했다. 또한, 문학과 연극 수업까지 폭넓게 경험하고 친구들과 함께 하나의 작품으로 시작해서 다른 작품을 만들어내는 창작의 경험까지 확장할 수 있길 바란다.

▶ 프로젝트 활용 온 책 소개

글 한윤섭
그림 서영아
출간 2011
펴낸 곳 문학동네

글 한윤섭
그림 서영아
출간 2019
펴낸 곳 문학동네

첫 번째 수업, 표지 및 차례 탐색 ────────

　문해력 향상을 위해 '해리엇' 책을 읽기 전에 책의 표지와 차례 읽기를 충분한 시간을 들여서 진행한다. 이 활동은 책과 교감하며 책의 내용을 짐작해보고 학생 개별의 상상력 발휘를 통해 추론하는 경험을 하는 것에 그 목표가 있다. 고학년이므로 표지뿐만 아니라 차례를 분석하고 읽는 과정을 충분히 함으로써 학생들이 단서를 찾아서 책의 내용을 추론하는 과정에 적극적으로 참여할 수 있는 기회를 제공한다.

수업 계획

동기 유발	· '해리엇'의 표지 살펴보기
생각 나누기와 표현하기	· <활동 1> 표지 배경 상상해서 꾸미기
	· <활동 2> 차례로 줄거리 짐작해서 쓰기
	· <활동 3> 소리책 만들기 프로젝트 준비하기
정리 및 확인하기	· <배움 정리> 생각 넓히기 활동

문해력을 높이는 수업 실천

온 책 읽기 수업을 할 때 가장 먼저 하는 활동은 표지를 살펴보는 일이다. 앞표지, 뒷표지는 물론이고 책등과 표지 안쪽까지 꼼꼼하게 살펴본다. 이 활동은 책을 읽기 전 책과 관련된 다양한 정보를 얻을 수 있고 책을 직접 고를 때도 표지의 정보는 책을 선택하는 중요한 기준이 된다.

표지를 활용하여 묻고 답하는 활동을 진행한 다음에는 책의 차례를 통해 책의 줄거리를 짐작해보는 활동을 한다. 작가가 고심하며 만든 책의 표지와 각 장의 제목에는 중요한 책에 대한 단서가 있으므로 학생들에게 이 단서들을 가지고 책을 읽어가는 자신만이 지도를 만들도록 하는 것이다. 자신의 생각이 담긴 지도를 가지고 책을 읽으면 자연스럽게 학생들이 본인이 짐작한 내용을 확인하면서 책을 읽게 되므로 적극적인 읽기 활동을 하게 된다.

〈동기 유발〉 책 표지 살펴보기

'해리엇'책 표지를 보면 4마리의 동물의 실루엣이 보이고 한 방향을 보며 줄지어 걸어가고 있다. 동물의 종류는 어느 정도 유추가 가능하지만 그들이 어디로 가고 있는지, 왜 이 장면을 표지에 실었는지에 대해서는 아무런 정보가 없는 상태이다. 이 때 교사는 이와 같은 발문을 통해 생각을 열고 확장할 수 있도록 도울 수 있다.

> "표지에 보이는 동물들 중 해리엇은 누구일까?"
> "그림자로 표현된 동물들의 종류는 무엇일까?"
> "동물들은 어디를 향해 가고 있는 걸까?"
> "등장인물들이 걷고 있는 장소는 어디일까?"

〈활동 1〉 표지 배경 상상해서 꾸미기

활동 1에는 책에 대한 상상을 토대로 책의 표지 배경을 상상해서 꾸미는 활동을 한다. 등장인물로 보이는 네 마리의 동물들이 그림자로만 표현되어 있고 그 뒤로 펼쳐진 배경이 매우 단순하게 그려져 있어서 독자가 다양한 상상을 할 수 있도록 한 작가의 의도를 읽고 학생들이 자유롭게 표현할 수 있도록 안내한다. 학생들 중 누군가는 등장인물들이 어두운 밤 속을 걷는 장면을, 누군가는 태양이 내리쬐는 사막을 표현한다. 정겨운 시골길을 걷게 표현하기도 하고 잿빛 도시 속을 헤매는 등장인물을 표현하기도 하면서 자연스럽게 책의 내용은 어떨지 궁금하게 만들도록 하는 것에 초점을 둔다.

▲「해리엇」 표지 배경 상상해서 꾸미기 학생 작품 예시

〈활동 2〉 차례로 줄거리 짐작해서 쓰기

활동 2에는 작가가 이야기의 중심 사건이라고 여긴 사건에 대한 단서가 담긴 차례를 살펴보는 활동으로 시작한다. 해리엇에는 총 16개의 차례가 나열되어 있는데 그 속에는 등장인물의 이름이나 사건이 벌어지는 장소, 사건의 원인과 결과가 되는 사건에 대한 단어들이 숨어 있다. 이 단어를 가지고 책

의 줄거리를 상상해서 쓰기 활동을 진행한다.

이 활동에서 중요한 점은 활동 1과는 다르게 이야기를 지은 이유가 있어야 하고 이야기 간의 인과관계가 반드시 드러나야 한다. 터무니없는 이야기를 짓는 것이 아니라 차례에 나온 단어의 속성을 파악한 다음 글짓기를 해야 한다. 학생들과 비슷한 특성을 지닌 차례끼리 묶은 다음, 그 특성을 정의 내리는 활동을 진행하게 되는데 정리한 내용은 아래와 같다.

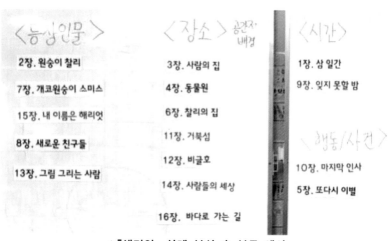

▲「해리엇」차례 분석 후 분류 예시

먼저 등장인물로 보이는 원숭이 찰리, 개코원숭이 스미스, 해리엇, 새로운 친구들, 그림 그리는 사람을 보면서 학생들은 내가 만들 이야기의 주체를 설정하게 된다. 그리고 사람의 집, 동물원, 찰리의 집, 거북섬, 비글호, 사람들의 세상, 바다로 가는 길과 같은 공간적 배경을 활용하여 등장인물에게 벌어지는 일들을 구체적으로 창작하게 된다.

더 나아가서 시간적 배경인 삼 일간, 잊지 못할 밤과 행동이나 사건에 대한 단서인 마지막 인사와 또다시 이별이라는 단어를 활용해서 이야기의 완성도를 높이게 된다. 그리고 이를 조합하면 정말 수십 가지의 흥미로운 이야기가 나오고 이 활동은 읽기 마무리 단계에서 책의 뒷이야기를 상상해서 쓰는 스핀오프 동화책 만들기 활동의 탄탄한 기초가 된다.

〈활동3〉 소리책 만들기 프로젝트 준비하기

활동 3은 앞으로 본격적인 읽기 활동에서 활용되는 소리책 만들기 활동을 소개하고 만드는 방법을 소개한다. 소리책은 '오디오북'을 우리말로 순화하여 사용한 말이다. 온 책 읽기 수업에서는 교사마다 각자 읽기, 소리 내어 같이 읽기, 일정 부분 나눠서 읽기 등 다양한 방식으로 책 읽기를 지도한다.

문해력을 높이는 방법으로 소리책 함께 읽기를 고안한 이유는 첫째, 책을 여러 번 읽고 듣는 등 다양한 방식의 읽기 경험을 제공하기 위해서, 둘째, 소리 내어 읽고 등장인물에 감정 이입하며 책을 깊이 있게 읽게 하기 위해서, 마지막으로 모르는 단어나 문맥의 의미를 미리 파악하고 이해하는 시간적 여유를 주기 위하여서이다.

학생들은 자신이 맡은 부분을 여러 번 소리 내어 읽으면서 책의 내용을 이해하며 읽는 경험을 하고 되고 이는 곧 학생들의 문해력 향상과 직결된다. 읽으면서 모르는 단어의 의미를 찾거나 유창하게 읽기 연습을 함으로써 학생들이 자신감을 갖고 적극적으로 수업에 참여할 수 있게 한다는 장점도 있다.

교사가 책의 첫 부분을 직접 녹음하여 소리책으로 들려주면서 학생들이 흥미를 갖게 한다. 그리고 휴대폰 녹음기를 활용하여 간단하게 녹음하는 법을 설명하고 녹음 파일을 업로드하거나 교사에게 직접 제출하는 방법을 안내한다. 학생들은 주어진 일정에 맞춰서 해당 내용을 읽게 되고 친구의 소리책에 관심을 가지며 꾸준히 책에 관한 관심을 유지하게 된다.

소리책 읽기 순서	목소리	읽을 쪽(줄)	차례
♥ 6/12 (월)		7~11	1장. 삼 일간
6/14 (수)		12~16(11)	
6/14 (수)		16(12)~21(1)	2장. 원숭이 찰리
6/14 (수)		21(2)~25	
6/15 (목)		26~31(6)	3장. 사람의 집
6/15 (목)		31(7)~35(8)	
6/15 (목)		35(9)~41	4장. 동물원
6/16 (금)		42~47(12)	5장. 또다시 이별
6/16 (금)		47(13)~53(6)	
6/20 (화)		53(7)~58(11)	6장. 찰리의 집
6/20 (화)		58(12)~63	
6/21 (수)		64~68(18)	7장. 개코원숭이 스미스
6/21 (수)		68(19)~74	
6/21 (수)		75~80(11)	
6/22 (목)		80(12)~85	8장. 새로운 친구들
6/22 (목)		86~91(12)	
6/22 (목)		91(13)~95	9장. 잊지 못할 밤
6/23 (금)		96~101(6)	
6/23 (금)		101(7)~105	10장. 마지막 인사
6/26 (월)		106~111	11장. 거북섬
6/26 (월)		112~117	12장. 바글호
6/27 (화)		118~122	13장. 그림 그리는 사람
6/27 (화)		123~127(10)	
6/27 (화)		127(11)~133(8)	14장. 사람들의 세상
6/28 (수)		133(9)~138	15장. 내 이름은 해리엇
6/30 (금)		139~153	16장. 바다로 가는 길

▲「해리엇」 소리책 만들기 안내 및 일정표 예시

교수학습 과정안

일시	2023년 6월 12일 (월요일) 1~2교시	대상	6-0
단원	6. 내용을 추론해요	교과서 (차시)	국어 (1~2/28)
학습 목표	'해리엇' 책 표지와 차례를 통해 줄거리를 짐작할 수 있다.	수업 유형	개별학습/전체학습

수업 흐름	교수 . 학습 활동	시간 (분)	자료(▶) 및 유의점
배움 열기	〈동기 유발〉 - 책 표지 살펴보기 　T : 함께 읽을 온 책 읽기 책 제목이 무엇인가요? 　S : 해리엇입니다. 　T : 책을 지은 사람은 누구인가요? 　S : 한윤섭입니다. 　T : 책의 표지를 함께 살펴봅시다. 무엇이 보이나요? 　S : 4마리 동물 / 나무 / 거북이 (이)가 보입니다. 　T : 표지에 보이는 동물 중 해리엇은 누구일까요? 　S : 원숭이인 것 같습니다. / 세 번째 동물 같습니다. 　T : 동물들은 어디를 향해 가고 있는 걸까요? 　S : 집으로 가고 있는 것 같습니다. / 모험을 떠나고 　　　있는 것 같습니다. / 도시에서 정글로 돌아가는 것 　　　같습니다. 　T : 등장인물이 걷고 있는 장소는 어디일 것 같나요? 　S : 숲일 것 같습니다. / 사막일 것 같습니다. 〈배움 목표 제시〉 **책의 표지와 차례를 통해 줄거리를 짐작할 수 있다** 〈활동 안내〉 　[활동 1] 표지 배경 상상해서 꾸미기 　[활동 2] 차례로 줄거리 짐작해서 쓰기 　[활동 3] 소리책 만들기 프로젝트 준비하기	10분 (1교시)	▶해리엇 책 -학생들이 자유롭게 상상할 수 있도록 다양한 의견을 수용한다.
배움 활동 1	〈활동 1〉 표지 배경 상상해서 꾸미기 - 표지의 배경 상상해보기 　T : 표지에 있는 네 마리 동물들은 그림자로 표현되어 　　　있습니다. 그 이유가 무엇일까요? 　S : 주인공들에 대해 신비함을 주기 위해서입니다. / 　　　어두운 밤이기 때문입니다.	20분 (1교시)	▶A4종이

	T : 주인공들이 어딘가로 가고 있는데 그 배경이 확실하지 않습니다. 각자만의 상상력을 발휘하여 표지의 배경을 꾸며봅시다. - 완성한 표지 배경 나누기 T : 각자 완성한 표지의 배경을 설명하고 그 이유를 발표해봅시다. S : 저는 등장인물들이 그림자로 표현되어 있어서 어두운 밤에 숲속을 걷고 모험을 떠나는 동물들로 꾸몄습니다. S : 저는 첫 번째 원숭이가 거북이를 밀고 있는 것을 보고 사막과 같이 힘든 곳을 지나고 있을 것이라고 생각해서 선인장과 태양을 그렸습니다. S : 저는 예전에 봤던 영화 내용이 떠올라서 동물들이 도시로 와서 자신의 고향이 그리워서 찾아가는 내용일 것이라고 생각하여 도시를 배경으로 그렸습니다.		
배움 활동 2	〈활동 2〉 차례로 줄거리 짐작해서 쓰기 - 차례를 읽고 분류하기 T : 이번에는 책의 차례 부분을 찾아봅시다. S : (책 앞 부분의 차례를 찾아서 읽는다.) T : 책의 차례는 총 몇 개인가요? S : 16개입니다. T : 16개의 차례를 가지고 책의 줄거리를 추측할 수 있을 것 같나요? S : 잘 모르겠습니다. T : 그렇다면 책의 차례를 잘 읽고 특징별로 분류해봅시다. 먼저 등장인물의 이름 같은 차례에는 어떤 것이 있나요? S : 원숭이 찰리입니다. / 개코원숭이 스미스입니다. / 내 이름은 해리엇입니다. / 새로운 친구들입니다. / 그림 그리는 사람입니다. T : 장소를 나타내는 차례에는 어떤 것이 있을까요? S : 사람의 집입니다. / 동물원입니다. / 찰리의 집입니다. / 거북섬입니다. / 비글호입니다. / 사람들의 세상입니다. / 바다로 가는 길입니다. T : 남은 4개의 차례는 어떻게 구분할 수 있을까요? S : 삼 일간과 잊지 못할 밤은 시간을 나타내는 것 같습니다. T : 그러면 남아 있는 마지막 인사와 또다시 이별은 어떤 공통점을 가졌나요? S : 행동이나 사건을 의미하는 것 같습니다.	10분 (1교시)	▶차례 게시 자석

72

	- 차례로 줄거리 짐작해서 쓰기 T : 그렇다면 칠판에 적혀 있는 차례를 참고하여 책의 　　줄거리를 짐작해서 간단하게 써 봅시다. 최대한 　　차례에 나온 16개의 단어를 전부 사용해서 적도록 　　합니다. 학습지에 있는 차례를 먼저 오립니다. S : (학습지에 있는 차례 16개를 가위로 오린다.) T : 책상 위에 차례를 배열하면서 이야기의 틀을 먼저 　　만든 다음 풀로 학습지에 붙이면서 연결하며 적도록 　　합니다. S : (차례를 책상 위에 나열한 다음 풀로 학습지에 　　붙이면서 이야기를 완성한다.) T : 모둠원 전부 다 쓴 모둠은 모둠 친구들과 이야기를 　　바꿔서 읽어봅니다.	20분 (2교시)	▶차례로 이야기 만들기 학습지, 가위, 풀 -활동을 어려워하면 차례를 전부 다 활용하지 않아도 됨을 안내한다.
배움 활동 3	〈활동 3〉 소리책 만들기 프로젝트 준비하기 - 소리책 소개하기 T : 소리책이 무엇인지 아나요? 오디오북이라는 말은 　　들어본 적 있나요? S : 네. T : 소리책은 여러분들이 책을 실감나게 읽으면서 책의 　　내용을 이해하고 등장인물의 성격을 파악하는데 　　많은 도움을 주는 방법입니다. T : 온 책 읽기 친구들과 함께 책의 일부분을 맡아서 　　녹음해서 수업시간에 자료로 활용하려고 합니다. T : 책을 읽으면서 모르는 단어는 문해력 단어사전에 　　찾아서 뜻을 정리합니다. T : 일정에 맞춰서 휴대폰 녹음 기능을 사용해서 　　녹음을 한 파일을 선생님에게 제출하도록 합니다. S : (해리엇 1장 녹음 파일 앞부분을 경청한다.) T : 책을 읽을 때는 등장인물의 목소리도 연기해보고 　　친구들에게 잘 들리도록 조용한 곳에서 녹음하도록 　　합니다. 책을 다 읽고 연극 활동을 할 예정이므로 　　미리 연습하면 분명히 도움이 될 것입니다.	15분 (2교시)	▶ 소리책 안내 자료, 업로드용 패들렛 ▶ 해리엇 1장 녹음 파일
배움 정리	- **수업 후 배움 정리하기** T : 이번 수업을 통해 새롭게 알게 된 점, 느낀 점을 　　이야기해봅시다. - **다음 차시 소개** T : 다음 시간부터는 본격적으로 온 책 읽기 　　시작합니다. 소리책을 읽어야 하는 사람은 일정에 　　맞춰서 녹음 파일을 업로드합니다. 다음 수업 　　전까지 해리엇 1~2장을 미리 읽고 모르는 단어는 　　문해력 단어사전에 뜻을 찾아 적어 오도록 합니다.	5분 (2교시)	

두 번째 수업, 단어사전 및 탐구일지 활용

　문해력 향상을 위해 직접적인 도움을 줄 수 있는 것이 바로 단어의 뜻을 이해하는 과정이다. 모르는 단어는 책을 읽는데 방해가 될 뿐만 아니라 책의 내용을 잘못 이해하게 만들 수도 있다. 처음 책을 읽을 때는 모르는 단어를 밑줄을 그으면서 읽고 모르는 단어의 의미는 국어사전을 통해 찾는다. 그리고 단어와 단어의 뜻을 '문해력 단어사전'에 차례대로 정리하면 책을 다 읽고 난 다음에 나만의 단어장이 만들어진다.

　그리고 등장인물의 말과 행동 중에서 중요하다고 생각되는 장면을 '등장인물 탐구사전'에 꾸준히 기록해가면서 읽는다. 그러면 등장인물의 성격이나 추구하는 가치관을 파악하는데 매우 용이하고 포트폴리오 형식이므로 수업을 준비하는 성실함과 적극적인 태도의 평가에도 적극 활용될 수 있을 것이다.

수업 계획

동기 유발	• 진정한 친구의 의미 생각하기
생각 나누기와 표현하기	• <활동 1> 새로운 단어 뜻 확인하기
	• <활동 2> 소리책 읽고 내용 확인하기
	• <활동 3> 등장인물이 추구하는 가치 찾기
정리 및 확인하기	• <배움 정리> 등장인물 탐구일지 쓰기

문해력을 높이는 수업 실천

문해력은 곧 단어의 힘으로부터 시작된다. 단어의 뜻을 잘 알고 문맥의 의미를 파악하면서 읽어야 제대로 글을 이해하면서 읽을 수 있다. 이에 가장 효과적인 방법이 바로 단어사전을 만드는 것이다. 보통 외국어 학습에만 단어장을 활용하는 경우가 많은데 국어 수업에도 효과적인 수업 도구이다.

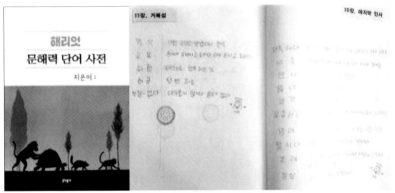

▲『해리엇』문해력 단어사전 내부 구성 예시

앞서 소개했던 소리책은 실제로 수업 자료로 적극적으로 활용했고 그 효과도 좋았다. 학생들의 목소리로 책을 함께 읽는다는 점에도 그 의의가 있으며, 학생들이 자신이 맡은 부분의 책 내용을 정확하게 파악하면서 읽는다는 점에서 책에 대한 집중도를 높였다. 뿐만 아니라 등장인물의 말을 흉내 냄으로써 등장인물의 성격과 가치관을 파악할 수 있으므로 앞으로의 연극 수업에도 도움이 되는 활동이었다.

녹음 파일은 'Padlet' 사이트를 활용해서 우리 반이 함께 만들어가는 소리책이라는 점을 강조하고자 꾸준히 파일을 업로드해서 모두 공유할 수 있도록 했다.

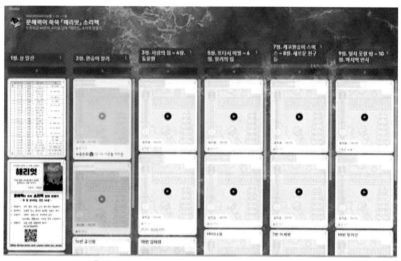

▲「해리엇」 소리책 만들기 업로드 패들렛 예시

등장인물이 많은 책의 경우, 등장인물의 성격을 파악하면서 읽어가는 것이 중요하다. 등장인물의 성격 혹은 가치관은 등장인물의 말이나 행동을 통해서 추론이 가능하다. 하지만 보통의 학생들은 '영혼없이 대충' 책을 읽는 습관이 있다 보니 나중에 등장인물이 어떤 말을 했는지 질문하면 상황이나 말과 행동이 잘 기억나지 않는 경우가 많다.

앞서 말했듯이 대상 학생들은 문해력 신장에 있어서 애매하게 아는 것보다 정확하게 이해하는 것이 중요한 단계이므로 유의미한 말과 행동을 꾸준히 적어가면서 근거자료를 수집하는 것이 필요하다. 이를 '등장인물 탐구일지'라는 제목으로 등장인물의 일러스트를 붙이고 말과 행동을 적어가면서 최종적으로는 등장인물의 가치를 파악하는 데 중점을 두었다.

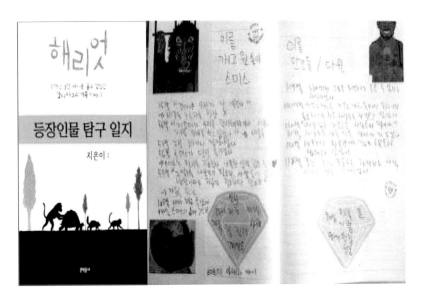

▲「해리엇」 등장인물 탐구일지 내부 구성 예시

위에서 소개한 세 가지 활동은 모두 온 책 읽기를 하는 전 과정에 자연스럽게 녹아 들어가 있는 활동으로 개별 수업마다 성실하게 수행해가면서 자연스럽게 결과가 쌓이는 포트폴리오 형식이며 이는 수업 도구로서 매우 효과적이고 학생들의 수업 참여도 및 성실도를 확인할 수 있다는 점에서도 좋다.

〈동기 유발〉 진정한 친구의 의미 생각하기

'해리엇'의 가장 중요한 주제 중 하나가 바로 '진정한 친구의 의미'이다. 진정한 친구란 무엇일까에 대해 생각해보도록 도와주는 보조 도구로 노래를 활용하면 좋다. 그 중에서 추천하는 노래는 god의 '촛불 하나'와 Bruno Mars의 'Count on me'이다. 마음에 울림을 주는 가사와 흥겨운 멜로디가 책과 함께 어우러져 책을 읽지 않는 쉬는 시간이나 틈새 시간을 활용해서 감화할 수 있다는 점에서 효과적이다.

"지치고 힘들 땐 내게 기대. 언제나 네 곁에 서 있을게. 혼자라는
생각이 들지 않게 내가 너의 손잡아 줄게."

- god의 '촛불 하나' 中 -

"I can count on you like four, three, two.
And you'll be there.
'Cause that's what friends are supposed to do.
나는 네게 기댈 수 있어.
그리고 너는 항상 내 곁에 있을 거야.
왜냐하면 그것이 바로 친구가 필요한 이유일 테니까"

- Bruno Mars의 'Count on me' 中 -

〈활동 1〉 새로운 단어 뜻 확인하기

활동 1에서는 '문해력 단어사전'을 활용하여 모르는 단어의 뜻을 서로 나누는 시간을 갖는다. 단어장이라는 표현보다는 문해력을 향상시키기 위한 것이라는 목표의식을 고취시키기 위해서 '문해력 단어사전'이라는 이름으로 활용하기로 한다. 수업 전에 학생들은 책을 읽으면서 모르는 단어는 밑줄을 긋고 사전에서 단어 뜻을 찾아서 자신만의 방법으로 정리한다.

▲(왼) 책에 모르는 단어 밑줄 긋기   ▲(오) 단어사전 찾아 뜻 정리하기

단어사전을 만들 때는 모르는 단어를 최대한 많이 찾는 것에 주안점을 둬야 한다. 간혹 단어의 뜻을 정확하게 모르지만 '안다'라고 말하는 학생들이 있다. 이럴 경우에는 정확하게 단어의 뜻을 아는 것이 중요하다고 꼭 설명하도록 한다.

다수의 학생들이 이해하기 어려운 단어의 경우, 수업 시간을 통해 단어를 활용하는 방법을 알려주는 등 보충 지도가 꼭 필요하다. 이 활동을 통해 학생들이 모르는 단어를 찾고 나서 다시 읽을 때 문맥을 이해하는 데 직접적인 도움을 받는 긍정적인 경험을 하게 하는 것이 중요하다. 그래야 단어 학습이 책을 유창하게 읽고 정확하게 파악하는 데 도움이 된다는 사실을 스스로 깨닫고 꾸준히 단어 학습을 하는 원동력이 될 것이기 때문이다.

〈활동 2〉 소리책 읽고 내용 확인하기

활동 2는 소리책을 읽고 내용을 확인하는 단계로 책을 읽는 속도에 따라 평균 7~9분 정도 소요된다. 이야기의 흐름상 집중하면서 이야기를 전개하는 단계에서는 최대한 끊지 않고 한 번에 다 듣는 것을 추천하며 함께 이야기 나눌만한 중요한 부분이 많이 나올 때 교사가 중간 중간에 일시정지를 하면서 내용을 요약하거나 질문을 하는 '센스'도 필요하다.

교사는 수업 전 반드시 학생의 녹음본을 미리 들어보면서 필요한 경우 재녹음의 기회를 주거나 약간의 편집을 통해 수업 자료로 활용할 수 있는 결과물을 관리하는 노력이 필요하다. 그래야 소리책 읽고 내용을 확인하는 단계가 시간이 지날수록 자연스럽게 지나가고 다양한 이야기를 나누거나 활동을 할 수 있는 시간 확보가 가능하다.

〈활동3〉 등장인물이 추구하는 가치 찾기

활동 3은 등장인물의 말과 행동을 토대로 등장인물이 추구하는 가치를 찾는 활동이다. 책의 반 정도 읽은 상태이므로 학생들의 '등장인물 탐구일지'에는 꽤 많은 등장인물의 말과 행동이 기록되어 있을 것이다. 이를 토대로 학생들이 주된 가치를 찾아내는 것에 초점을 맞추도록 한다.

가치 목록의 경우 '가치보석 목록표'를 미리 배부하고 학생들이 충분한 인물에 대한 정보가 모였을 경우 가치보석을 수여하도록 안내한다. 예를 들어, 해리엇은 "넌 이제 혼자가 아니야."(62쪽) 혹은 "찰리 고마워하지 않아도 돼. 우린 친구니까."(76쪽) 라는 말을 하는 것으로 보아 우정을 중요하게 여기고 긍정적이고 배려가 넘친다.

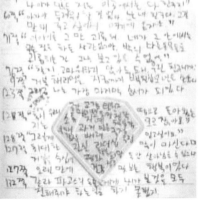

▲ 등장인물 탐구일지에 '해리엇'의 말과 행동 정리하고 가치 보석 찾기

다만, 인물의 성격이나 가치가 바뀌는 등장인물의 경우 좀 더 주의 깊게 인물에 대한 정보를 모을 필요가 있다. 예를 들어 스미스의 경우 초반에는 찰리를 괴롭히고 나무라는 난폭한 모습을 보이다가 책 후반부

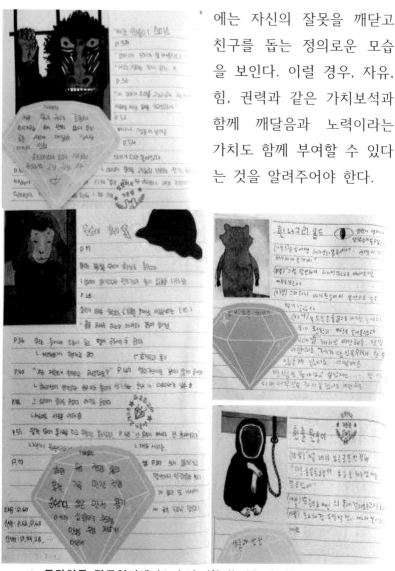

에는 자신의 잘못을 깨닫고 친구를 돕는 정의로운 모습을 보인다. 이럴 경우, 자유, 힘, 권력과 같은 가치보석과 함께 깨달음과 노력이라는 가치도 함께 부여할 수 있다는 것을 알려주어야 한다.

▲ 등장인물 탐구일지에 '스미스', '찰리', '올드', '흰줄 원숭이'의 말과 행동 정리하고 가치 보석 찾기

82

교수학습 과정안

일시	2023년 6월 21일 (수요일) 2~3교시	대상	6학년-0
단원	8. 인물의 삶을 찾아서	교과서 (차시)	국어 (9~10/28)
학습 목표	인물이 추구하는 가치를 파악할 수 있다.	수업 유형	개별학습/협력학습

수업 흐름	교수 . 학습 활동	시간 (분)	자료(▶) 및 유의점
배움 열기	〈동기 유발 및 전시학습 상가〉 - 촛불하나 노래를 부르며 진정한 친구의 의미 생각하기 　T : 이 노래를 들으면 『해리엇』속 등장인물 중 누가 　　떠오르나요? 　S : 원숭이 찰리와 거북이 해리엇이 떠오릅니다. 　T : 여러분들이 생각하는 진정한 친구란 무엇인가요? 　S : 진정한 친구란 상대방의 생각을 존중해 주는 　　사람입니다. / 진정한 친구란 함께 있을 때 　　편안함을 느끼게 해주는 사람입니다. - '6장. 찰리의 집'의 내용 상기하기 　T : '6장. 찰리의 집'에서 어떤 일이 있었나요? 　S : 테드가 떠나면서 찰리는 개코원숭이 앞 우리로 　　보내졌습니다. 　T : 개코원숭이 스미스는 찰리를 어떻게 대했나요? 　S : 찰리에게 돌을 던지며 동물들을 배신했다고 　　했습니다. 　T : 그런 스미스가 갑자기 태도가 돌변하게 되는데 　　무엇 때문인가요? 　S : 찰리가 가지고 있는 열쇠 때문입니다. 　T : 괴롭힘을 당하던 찰리를 도와준 등장인물은 　　누구인가요? 　S : 해리엇입니다. 〈배움 목표 제시〉 ┌─────────────────────────┐ │　**인물이 추구하는 가치를 파악할 수 있다.**　│ └─────────────────────────┘ 〈활동 안내〉 　[활동 1] 새로운 단어 뜻 확인하기 　[활동 2] 소리책 읽고 내용 확인하기 　[활동 3] 등장인물이 추구하는 가치 찾기	10분 (2교시)	▶god - 촛불하나 영상 ▶등장인물 그림자석

배움 활동 1	〈활동 1〉 새로운 단어 뜻 확인하기 - 문해력 단어사전 확인하기 　T : 집에서 이번 장을 읽으면서 모르는 단어는 　　　찾아봤나요? 자신이 찾은 단어를 발표해봅시다. 　S : 65쪽 12번째 줄에 있는 '깔끄러웠다'를 　　　찾았습니다. 　T : '입안은 깔끄러웠다….' '깔끄럽다'는 무슨 　　　뜻이었나요? 　S : 따끔거리는 느낌이 있거나 까칠까칠하다는 　　　뜻입니다. 　T : 또 있나요? 　S : 68쪽 밑에서 7번째 줄에 있는 '표적'을 　　　찾았습니다. 　T : '웅크리고 있는 것도 표적이 되지 십상이었다….' 　　　'표적'은 무슨 뜻이었나요? 　S : 어떤 행동의 목적이 되어 있는 대상이라는 　　　뜻입니다. 　T : '~하기 십상이다'라는 뜻은 알고 있나요? 　S : ~할 가능성이 아주 높다는 뜻입니다.	10분 (2교시)	▶문해력 단어사전
배움 활동 2	〈활동 2〉 소리책 읽고 내용 확인하기 - 소리책을 들으면서 책 내용 확인하기 　T : 이번 소리책 목소리는 누구인가요? 　S : ○○이와 **입니다. 　T : 집중하며 눈으로는 함께 따라 읽어봅니다. - 찰리의 열쇠에 내 생각 쓰기 　T : (66쪽 15줄까지 듣고 멈추기) 자, 찰리는 고민에 　　　빠졌습니다. 무엇 때문에 고민에 빠졌나요? 　S : 열쇠입니다. 　T : 열쇠가 가지고 있는 의미는 무엇일까요? 　S : 동물원에서 나갈 수 있는 방법입니다. / 자유를 　　　주는 물건입니다. / 찰리에게는 혼란스러움을 　　　안겨준 물건입니다. 　T : 만약 내가 찰리라면 어떤 선택을 했을까요? 　　　찰리의 열쇠 종이 뒷면에 열쇠를 어떻게 사용할지 　　　내 생각을 적어봅니다. 　S : (찰리의 열쇠 종이에 자신의 생각을 쓴다.) 　T : 모둠원 전부 다 쓴 모둠은 모둠 친구들과 생각을 　　　나눠봅시다. 　S : (찰리의 열쇠 종이에 적은 생각을 나눈다.)	20분 (2교시)	▶소리책 패들렛, 소리책 녹음파일 ▶찰리의 열쇠 종이 -개인마다 느끼는 생각은 다양할 수 있으므로 열린 자세로 수용할 수 있도록 한다.

| 배움
활동
3 | 〈활동 3〉 등장인물이 추구하는 가치 찾기

- 스미스와 해리엇의 열쇠에 가치관 정리하기
　T : (77쪽 끝까지 듣기) 와. 무슨 일이 일어났나요?
　S : 스미스가 화를 참지 못하고 해리엇에게 돌을
　　　던졌습니다.
　T : 이번에 읽은 부분에서는 스미스와 해리엇이 어떤
　　　가치를 중요하게 생각하는지 잘 나타났습니다.
　　　스미스의 마음을 가장 잘 나타내는 단어를
　　　찾아봅시다.
　S : 힘 / 군림 / 자유 / 내 세상 / 질서 / 지배입니다.
　T : 해리엇을 잘 표현하는 단어에는 어떤 것이
　　　있나요?
　S : 나이가 들고 경험이 많다 / 인자한 / 용납할 수 없
　　　/ 친구입니다.
　T : 만약 스미스가 열쇠를 갖게 된다면 스미스는
　　　어떻게 사용할까요? 해리엇에게 열쇠가 있다면
　　　어떨까요? 스미스와 해리엇의 열쇠에 자신의
　　　생각을 정리해봅시다. | 10분
(3교시) | ▶ 스미스와
해리엇의
열쇠 종이 |
| 배움
정리 | - **등장인물 탐구일지 쓰기**
　T : 모둠원과 함께 상의하여 등장인물 탐구일지에
　　　등장인물이 추구하는 가치를 잘 보여주는 말과
　　　행동을 찾아서 정리합니다.
　S : (모둠원과 상의하여 등장인물 탐구일지를
　　　작성한다.)
　T : 이번 시간을 통해 등장인물의 가치보석도 찾았다면
　　　추가하도록 합니다.

- **수업 후 배움 정리하기**
　T : 이번 수업을 통해 새롭게 알게 된 점, 느낀 점을
　　　이야기해봅시다.
- **다음 차시 소개**
　T : 다음 장 제목은 '새로운 친구들'입니다. 과연 무슨
　　　일이 일어날지 상상해보는 것도 좋겠습니다. 미리
　　　읽고 모르는 단어는 문해력 단어사전에 뜻을 찾아
　　　적도록 합니다. | 10분
(3교시) | ▶ 등장인물
탐구일지 |

『해리엇』 읽기 전 활동 – 차례 이야기 상상하기

『해리엇』 표지를 잘 살펴보았나요? 이번에는 **책의 차례**를 잘 살펴봅시다.
각 장의 제목 16개를 활용하여 책의 내용을 상상해보는 **추론하기**
활동입니다. 나중에 진짜 책 내용과 비교하면서 읽어보면 재미있겠죠?

_____

_____

_____

_____

_____

_____

_____

_____

_____

_____

_____

_____

차례를 가위로 **오려서** **활용하세요**	삼 일간	잊지 못할 밤
	원숭이 찰리	마지막 인사
	사람의 집	거북섬
	동물원	비글호
	또다시 이별	그림 그리는 사람
	찰리의 집	사람들의 세상
	개코원숭이 스미스	내 이름은 해리엇
	새로운 친구들	바다로 가는 길

<가치 보석 목록표>

열정	배움	용기	공동체	돈
희망	도전, 모험	감사	자연	명예
조화	전문성	경험	건강	변화
지혜	삶의 목적	상상	믿음	가능성
성공	정직	질서	다양성	존경
기회	소통	자유	창의	여행
선택	성찰	교감	꿈, 이상	공정
결단	철학	보람	검소, 절제	권위
인내	사랑	인권	긍정	신뢰
실행력	감성	현실성	효율성	예의
재미	배려	힘, 권력	재능	자연스러움
예술	겸손	협력	시간	자아실현
원칙	본질	매력	가족	순응
진정성	행복	용서	리더십	주도성
진실	직관	포용	자율	명성
팀워크	아름다움	인간	미래	의미
깨달음	성실	집중	과거	이성
행동	끈기	책임	호기심	나눔, 기여
가치	우정	자신감	여유	소속감
평화	전략	희망	안정	일관성

찰리의 열쇠, 스미스의 열쇠, 그리고 해리엇의 열쇠

만약 내가 찰리라면 어떤 선택을 했을까요? 해리엇이었다면? 스미스라면?
각 인물의 말과 행동을 떠올리며 찰리와 해리엇, 스미스의 열쇠 종이에 각
인물이 어떻게 열쇠를 사용할지 적어봅니다.

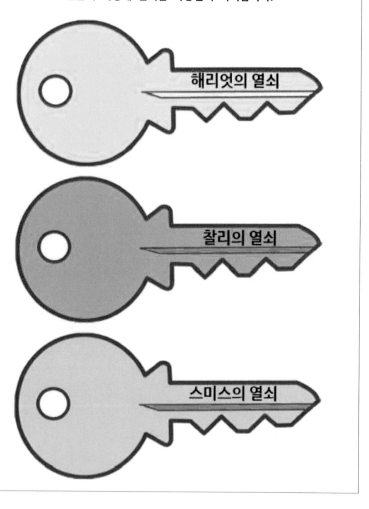

『해리엇』 읽기 후 활동 – 스핀오프 이야기 만들기

『해리엇』을 읽고 난 다음, 이야기 속 주인공들이 그립지 않나요? 이번에는
<u>책 속의 주인공</u>의 숨은 이야기를 우리가 직접 만들어 볼 겁니다. 이를
스핀오프(spin-off : 기존의 작품에서 만들어지는 후속작)라고 합니다.

주인공 :

등장인물 :

시간적 배경 :

공간적 배경 :

새로 만든 설정 :

간단한 줄거리 :

제목 :

프로젝트 지도 계획

6학년 1학기 국어 (나)에서 6단원 단서를 통해 추론하기, 8단원 인물의 말과 행동을 통해 가치관 파악하기, 마지막으로 연극 단원을 활용하여 수업을 재구성하고자 한다.

주제		해리엇과 함께하는 문해력 향상 프로젝트		기간	6월-7월
교과 및 단원	국어	6. 내용을 추론해요	차시	28차시	
		8. 인물의 삶을 찾아서			
		연극. 함께 연극을 즐겨요			
성취 기준	읽기·쓰기	◦ 드러나지 않거나 생략된 내용을 추론하며 듣는다.			
	듣기·말하기	◦ 글을 읽고 내용의 타당성과 표현의 적절성을 판단한다. 〈수행과제- 말하기 녹음〉			
	문학	◦ 작품에서 얻은 깨달음을 바탕으로 하여 바람직한 삶의 가치를 내면화하는 태도를 지닌다.			
	문학	◦ 일상생활의 경험을 이야기나 극의 형식으로 표현한다. 〈수행과제- 연극 녹화〉			
역량		창의적사고역량, 자기관리역량, 지식정보처리역량, 심미적감성역량			

교과	차시	주제	학습활동	비고
국어 6.12	1~2	온 책 읽기 책 표지 및 차례 읽기	• 표지 읽고 내용을 상상하고 표지 배경 꾸미기 • 차례를 읽고 줄거리 짐작해서 쓰기 • 소리책 만들기 프로젝트 준비하기	읽기 전 표지 및 차례
국어 6.14	3~4	이야기를 읽고 추론하는 방법 이해하기	• 등장인물의 말이나 행동에서 드러나지 않은 내용 짐작하기 • 이야기를 듣고 추론하는 방법 이해하기 • 문해력 단어사전 활용 방법 익히기	1~2장 (7~25쪽)

90

국어 6.15	5~6	인물의 말과 행동을 통해 추론하기	• 글의 내용과 인물의 특징을 추론하며 글 읽기 • 인물의 말과 행동에 유의하며 등장인물 탐구사전 기록법 익히기	3~4장 (26~41쪽)
국어 6.16 6.20	7~8	추론하며 읽기의 필요성 알기	• 등장인물의 말과 행동을 통해 생각 찾기 • 가치보석의 종류와 가치 파악하는 방법 알기	5~6장 (42~63쪽)
국어 6.21 6.22	9~10	인물이 추구하는 가치 추론하기	• 인물이 추구하는 가치를 추론하며 읽기 • 인물이 추구하는 가치 정리하기	7~8장 (64~85쪽)
국어 6.22 6.23 6.26	11~14	인물이 추구하는 가치와 자기 삶 관련짓기	• 인물들이 추구하는 다양한 가치 비교하기 • 인물이 추구하는 가치를 자기 삶과 관련짓기	9~12장 (86~117쪽)
국어 6.27 6.28 6.30	15~18	등장인물의 가치관을 통해 새로운 이야기 창작하기	• 등장인물의 가치관 정리하고 소개하는 글 쓰기 • 이어질 내용을 상상하며 스핀오프 책 만들기 • 생태다양성 수업과 연계하여 마무리하기	13~16장 (118~153쪽)
국어 7.3	19~20	연극과 극본 이해하기	• 연극과 극본의 관계 살펴보기 • 극본의 특성 이해하며 희곡집 읽기	
국어 7.5 7.6 7.7	21~25	인물의 가치관이 잘 드러나게 표현하는 방법 알기	• 인물의 가치관이 잘 드러나게 인물의 말과 행동 표현하기 • 극본 읽기 연습하기 • 연극 영상 촬영하기	읽기 후 어린이 희곡집 해리엇
국어 7.12	26~27	인물의 가치관 표현하기	• 어린이 희곡 해리엇 연극 영상 상영회 • 자기평가 및 동료평가	

6학년 1학기 국어과 성취기준을 분석하여 아래와 같은 평가를 계획하여 실시하고자 한다. 책을 읽어가면서 누적해가는 포트폴리오 형식의 낱말 사전과 작품 속 인물의 말과 행동을 종합하여 인물이 추구하는 가치를 파악하는 등장인물 탐구사전은 프로젝트 종료 후 평가한다. 학급 모두가 함께 만드는 소리책 활동, 책의 내용을 연극으로 표현하고 이를 영상 자료로 만들어서 학생의 수행 정도를 평가하고자 한다. 세부 평가 내용과 성취기준은 아래 표와 같다.

단원	영역	평가 내용	성취기준	평가 방법
6. 내용을 추론해요	읽기·쓰기	추론하는 방법을 적용하여 낱말 사전 만들기	[6국01-06] 드러나지 않거나 생략된 내용을 추론하며 듣는다.	포트폴리오
	듣기·말하기	내용을 추론하며 작품을 읽고 소리책으로 표현하기	[6국02-04] 글을 읽고 내용의 타당성과 표현의 적절성을 판단한다.	수행평가 (음성녹음)
8. 인물의 삶을 찾아서	문학	인물이 추구하는 가치 파악하고 등장인물 탐구사전 만들기	[6국05-06] 작품에서 얻은 깨달음을 바탕으로 하여 바람직한 삶의 가치를 내면화하는 태도를 지닌다.	포트폴리오
연극. 함께 연극을 즐겨요	문학	극본의 특성을 이해하고 연극으로 표현하기	[6국05-04] 일상생활의 경험을 이야기나 극의 형식으로 표현한다.	수행평가 (영상)

03_열세 살의 문해력 기르기
'너의 사춘기에게'

어른은 13살과 어울리기가 어렵다. 무심코 꺼낸 말 한마디에 마음을 다칠까, 반항할까, 비뚤어질까 걱정한다.

13살은 어른과 어울리기가 어렵다. 말해도 들어주지 않을까, 무리에서 소외될까 걱정한다.

6학년은 상위 학년으로서 후배에게 모범을 보여야 하며, 스스로 생각하고 해결하기를 요구받는다. 정작 13살 어린이는 혼란스럽다. 다 컸다고 하니 어린애는 아닌 것 같은데 중학생 되려니 무섭다. 수업 내용은 자꾸 어려워져서 따라가기 버겁다. 열세 살이나 되었는데 그거 하나 못하냐고 잔소리 듣는다. 어른들은 무심코 하는 말이지만 어린이의 마음에는 알게 모르게 상처가 새겨지고 있다.

상처는 아물고 굳어 단단해질 수 있지만, 곪거나 덧나면 치유가 어렵다. 어떻게든 아프지 않아 보려고 혼자 애쓰는 마음 앞에서 우리 어른들도 그렇게 컸다고, 네가 조금 덜 아팠으면 좋겠다고 전하고 싶었다. 가장 쉽게 새로운 세상을 만나는 방법이 책 읽기라고 하지 않던가. 어린이가 13살을 살며 읽은 책 중 단 한 권이라도 좋으니, 책으로 전해주는 세상에서 위로와 격려를 얻길 바랐다.

사춘기의 문해력을 기르는 세 가지 Honey Tip

Tip 1. BGM(BackGround Music)

문해력은 배경지식에 뿌리를 내리고 자란다. 특히 수업에서는 공유 배경지식이 중요하다. 비슷한 경험을 공감하는 과정에서 새로운 배경지식이 생겨 문해력에 도움을 주기 때문이다. 그렇지만 어린이들의 배경지식은 다양한 글을 이해하기에 충분하지 않다. 세상을 알아가는 과정에 있기도 하고, 다양한 경험을 해보기에는 각종 해야 하는 것들로 하루가 바쁘다.

어린이들이 최근 경험하고 알게 된 것은 대체로 매체를 기반으로 한다. 다양한 매체에서 새로움에 대한 욕구를 충족하고 즐거움을 공급받는다. 특히 스마트폰 속 세상은 매분 매초 바뀌는 콘텐츠로 도파민 범벅이다. 긴 동영상도 지루해서 숏폼(short-form) 영상이 유행이니 두꺼운 책은 바라만 봐도 지루해한다.

숏폼(short-form)-릴스 플랫폼 (출처 : 인스타그램)

어쩌면 책 한번 읽어보자는 자리에 참여하는 것이 마지막일지도 모른다는 생각에 고민이 깊었다. 지금이 아니면 책과 어린이 사이의 장벽에 실금 하나조차 나지 않을 것이기 때문이다. 그때 이어폰으로 듣고 있던 한 아이들의 음악에서 아이디어를 얻었다. **어린이는 음악을 좋아한다!**

'Music is my life!'라는 외침처럼 내 맘을 들여다보고 쓴 것 같은 가사, 쿵쾅대는 마음 같은 비트, 모두가 함께 따라부르고 춤추며 느끼는 동질감은 사춘기를 겪는 이들의 마음을 사로잡는다. 음악방송을 보는 주 시청자도 그들이며, 코인노래방을 가면 앳된 얼굴들이 가득하다. 13살 어린이들도 무리를 지어 온종일 춤추며 노래한다. 물론 교사 앞에서는 부끄러워하며 숨지만.

공유 배경지식으로 음악을 활용하여 어린이들이 좀 더 재미있게 책을 읽고 활발하게 이야기를 나눌 수 있길 기대했다. 아름다운 노랫말, 감동적인 음악 영상, 온 힘으로 연주하는 음악가와 책을 연결하며 글에 집중하고 왜 이 음악이 책과 관련 있을까 고민하는 과정에 문해력을 기를 수 있도록 기획했다.

제일 좋아하는 음악으로 책과 친해질 수 있길 바라며 앞으로 읽을 책과 어울리는 음악을 하나씩 연결했다. 부디 책을 덮지 말길, 이 곡을 선정한 이유를 찾아보길. 그리고 책과 음악이 순간 지나가는 수많은 도파민 속의 혼란한 마음을 어루만져주길 바랐다.

Tip 2. 아카이브(Archive)

수업에 주로 활용되는 종이 활동지는 훼손과 분실 확률이 높다. 배움 기록을 잃어버리는 것은 너무나도 아깝기에 한곳에 모을 다른 방법으로 '패들릿'을 선택했다. 과제 제출이나 의견 수합 등 다양하게 사용되고 있는 만큼 손에 익숙하기도 하고 어린이들도 가장 친숙한 웹 아카이브 형태다.

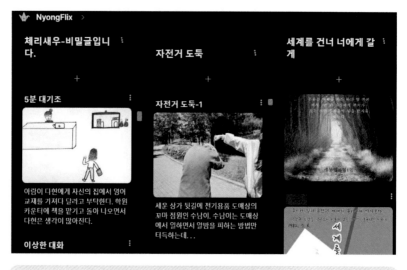

아카이브 주제 화면

매달 책을 읽고 나면 도서별 산출물 아카이빙을 한다. 우리 학급의 경우 OTT 서비스들의 미리보기 화면과 비슷하다며 「뇽플릭스」로 이름을 붙였다. (육을 뒤집으면 뇽이 된다.)

아카이브 미리보기 화면

문해력은 자신의 언어로 기록하는 과정에서 자란다. 요약본, 설정집 등 타인이 제공하는 정보가 아니라 스스로 고민하고 결론을 내리는 과정에서 글을 온전히 이해할 수 있다. 그리고 문해력 향상은 듣기, 쓰기, 읽기, 말하기 모든 기능이 작용해야 한다. 읽기 후 기록하고 대화하고 공유하는 과정에서 모든 언어 기능을 활용하여 고른 문해력 향상을 기대할 수 있다.

아카이브 제출 요건은 '스스로 기록물에 만족하는가?'이며 이 질문에 어린이 스스로 Yes를 말한다면 그대로 기록한다. 잘 만드는 것이 중요한 것이 아니라 잘 기록하는 것이 중요하기 때문이다. 그리고 아카이브의 목적은 오로지 하나. 잘 기록한 것을 잘 보존하는 것이다.

Tip 3. 소리 내어 읽기

  읽기를 어려워하는 증상을 '난독증'이라고 한다. 난독증은 선천적 요인으로 발생할 가능성도 있으나, 읽기 환경에 따라 좋아질 수도, 또는 없던 난독증이 생길 수도 있다. 최근 들어 문해력 발달을 저해하는 요인으로 주목받는 것은 '디지털 난독증'이다.

  스마트 기기를 사용하면 화면을 위에서 아래로 스크롤 하며 읽게 된다. 이때, 눈이 서술된 내용에 따라 움직이는 것이 아니라 화면 움직임에 따라가다 보면 눈을 통해 들어오는 정보가 차근차근 뇌로 전달되지 않고 내용이 중구난방 전해진다.

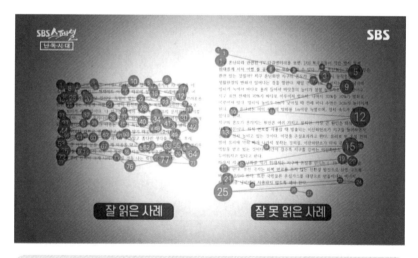

시선 처리 비교 (출처 : SBS 스페셜 '난독시대')

방송에 출연한 전문가들은 시선이 차근차근 글의 흐름에 맞게 따라갈 때 글을 잘 읽은 사례로 말했으며, 이 경우 글 내용의 이해도 또한 높았다. 그러나 잘 못 읽은 사례의 경우 시선이 주로 문장 끝이나 페이지 양 끝에 머물러 있고, 뛰어넘어 읽다가 다시 앞쪽으로 시선이 돌아오는 등 읽기 순서가 뒤죽박죽이었다.

문해력은 글을 차례대로 끝까지 다 읽는 경험에서 자란다. 스마트 기기를 활용한 수업과 학습 도구들이 많이 보급된 가운데, 디지털 매체 사용에 훨씬 능숙한 사춘기 어린이들의 디지털 난독증도 계속 증가하는 추세다. 책 한 페이지를 소리 내 읽도록 하면, 읽어야 하는 부분보다 눈이 먼저 앞에 가 있어서 엉뚱한 부분을 말할 때가 자주 발생한다. 또는 자신이 소리 내 읽었으나, 말하면서 어떤 내용인지 생각하지 않아서 내용 확인 질문을 했을 때 답하지 못하는 경우도 적지 않다.

물리적으로 책장을 넘기는 것이 아니라, 누군가가 시켜서 입만 움직이는 읽기가 아니라 천천히 생각하며 문장을 곱씹기를 바랐다. 사춘기 어린이들과 책 한 권을 읽을 때는 **반드시 모두 함께 읽는다.** 다 같이 읽기도 하고, 번갈아 가며 읽기도 하고, 한 사람씩 뽑아 읽기도 하고, 대사 역할극을 할 때도 있다.

소리 내어 읽기는 다음과 같은 장점이 있다.

1. 사건의 순서를 이해할 수 있다. 책 한쪽에도 많은 대사가 오고 가며, 사건이 쉴 새 없이 지나간다. 찰나를 놓치면

시간과 공간의 흐름, 인물의 감정선 등 순서가 중요한 내용을 이해하기 어렵다. 소리를 내어 함께 읽으면 시선이 천천히 이동하기 때문에 내용을 놓치지 않고 읽을 수 있다.

2. 발화를 교정할 수 있다. 말을 더듬는 어린이는 음절을 이어서 말하기 어려워하는 때도 있으나, 빨리 읽고 싶은 마음에 발음이 꼬이는 경우 또한 있다. 어떤 어린이는 특정 발음을 발화하기 어려워하기도 하며, 글 자체에 집중하지 못해서 넘겨받아 읽을 부분을 놓칠 때도 있다. 어린이가 글 읽기를 어려워하는 까닭은 어린이의 수만큼 많고 유형 또한 천차만별이다. 단순히 '난독'이라는 것만 알고 있다면 교정 접근 방법은 두루뭉술할 수밖에 없다. 무엇이 문제이고, 어떤 것을 어려워하는지 원인을 파악해야 해결도 간편하고 빠르다.

3. 책을 오랫동안 기억할 수 있다. 우리 뇌는 감각기관으로 들어온 정보를 처리하며 단기기억으로 잠깐 저장해두는데, 이때 입으로 말하고, 말하는 소리를 듣고, 눈으로 글을 따라가며 다양한 감각을 활용하고 반복하여 정보를 전달하면 해마는 중요한 기억으로 파악하여 '장기기억'으로 전환한다. 혼자 눈으로 읽는 것보다 훨씬 꼼꼼하게 다양한 감각을 활용하여 책을 읽을 수 있어 기억에 오래 남는다.

한 권의 책을 읽는데 짧게는 1~2주, 길게는 한 달이 넘게 걸린다. 오랫동안 손안에 책을 들고 한 장씩 책장을 넘기다 보면 지난번 읽은 부분도 다시 펴보게 되고 읽었던 내용을 다시 되새기면서 어린이도 모르는 사이 반복 학습을 하게 된다.

함께 읽는 시간 동안에는 책을 읽는 것 외에 다양한 일들이 추억으로 기억된다. 무작위 추첨 읽기에 걸려서 난처해한 짝의 얼굴, 대화체를 재밌게 읽은 친구의 목소리, 까르르 웃어 넘어가던 친구들 등. 함께 읽은 경험은 소중한 추억이 된다. 학창 시절, 그 당시에는 정말 중요하다고 생각했던 수학 문제 풀이법이나 윤리 사상은 잘 기억나지 않지만, 그것을 가르쳐 주셨던 선생님의 첫사랑 이야기는 오래도록 기억에 남는 것과 같다고 생각한다.

앞서 언급했듯, 사춘기 어린이에게 같은 경험을 공유하는 것은 매우 중요하다. 이 경험이 누군가와 같길 바라고, 또 한편으로 누군가와 다르길 바라는 또래 문화에 '온 책 읽기'를 심는다. 함께 물을 주고 보살펴 싹을 틔운다. 힘을 모아 기른 생명은 모두 관심을 가지고 사랑할 수밖에 없다. 책도 그렇다. 함께 읽은 책과 그 책이 가져다준 경험과 기억은 모두 사랑할 수밖에 없다.

어린이 스스로 피워낸 사랑 속에서 문해력은 자란다. 교사가 좋은 수업 도구로, 재미있는 교수법으로 아무리 어린이들에게 퍼주어도 받아들이지 않으면 아무 소용 없다. **교사는 그저 어린이 삶에 책을 심을 뿐이다.** 그리고 그 속에서 어린이들이 힘을 모아 책을 읽고 책을 탐구하고 모든 정성과 노력을 쏟아 사랑하면서 문해력이 자란다.

문해력 Honey Tip과 함께 첫 번째 책 읽기

체리새우 : 비밀글입니다

글 황영미
출간 2019년
펴낸 곳 문학동네

#BGM #체리필터_낭만고양이
#소외감 #친구 #자아

한 달 읽기 흐름

BGM	• 노래방 애창곡 나누기
	• 오늘의 욕구 선언
책 읽기	• 갈등 그래프 완성하기
	• 목차별 요약하기
아카이브	• 섬네일 창작하기

문해력을 높이는 수업 실천

3월은 눈치싸움이다. 3월 초에는 친구를 사귀어 무리 짓지 못하면 외톨이가 된다는 두려움이 가득하다. 마치 생존게임을 불방케 하는 6학년의 교실에서 조심스레 책을 꺼내 들었다.

〈BGM〉 노래방 애창곡이 뭐야?

연령층을 불문하고 대한민국 국민은 정말 노래 부르기 좋아한다. 초등학생도 예외가 아니다. 삼삼오오 모여 용돈을 모아 코인노래방에 가서 실컷 지르고 오면 스트레스도 풀리고 우정도 한층 더 깊어지는 느낌이다.

매 학년 첫 음악 시간은 가창 수업이다. 격동의 사춘기를 보내는 어린이들은 동요를 동요답게 부르는 것을 온몸으로 거부한다. 이 예민한 어린이들에게 조심스럽게 제안했다.

"노래방 가면 꼭 부르는 애창곡을 알려주세요!"

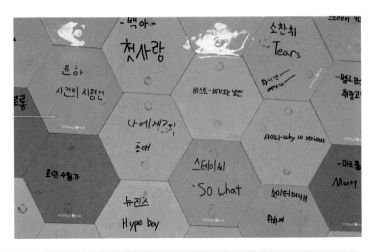

어린이들의 노래방 애창곡

103

어머나, 너희 소찬휘를 알아? 너희 태어나기도 전 노래를? 바로 노래방 반주를 검색해서 틀었더니 온 힘을 다해 목청껏 불렀다. 그렇게 목소리 내길 꺼리던 어린이들이 노래방 반주에는 쇳소리가 날 때까지 질렀다.

'아, 이거구나!' 싶어 이달의 BGM으로 내심 선정한 '낭만고양이' 반주를 재생했다. 이 노래도 태어나기 전 노래인데 어떻게 알까 싶던 그때, 어마어마한 후렴 떼창이 나왔다. 이렇게 오래된 노래들을 어떻게 아냐고 했더니 친구가 불렀다며, 엄마가 불렀다며 미주알고주알 이야기했다. 마치 구전 전래동화와 같이 노래도 전해 내려오던 것이었다. 신난 어린이들에게 탄력을 받아 책 소개로 이어갔다.

"우리는 한 달에 한 권씩 책을 함께 읽습니다. 그리고 책을 읽을 때 책 속 세상을 가장 선명하게 바라보게 해줄 음악이 항상 함께합니다. 드라마나 영화에서 은은하게 깔리면서 집중을 돕는 음악이 있죠? 백그라운드 뮤직, 즉 BGM이라고 합니다. 3월의 BGM은 '낭만고양이'입니다. 3월의 책을 읽으며 왜 이 곡이 BGM일까 찾아보고 고민해보세요. 아마 여러분처럼 노래 부르기를 좋아하는 주인공을 만날지도 몰라요!"

〈읽기 활동 1〉 오늘의 욕구 선언

　주인공 다현은 또래 친구들에게 소외당하고 싶지 않다는 생각 하나로 자신이 무엇을 원하는지를 애써 외면하고 친구들이 하자는 대로 따라간다. 어린이들은 작품 초반의 이러한 주인공의 모습에 의문을 가졌다.

　"얘는 왜 맨날 애들이 시키는 대로 해요?"

　"아 그냥 하면 되지 왜 이렇게 겁이 많아요?"

　어린이들의 의문에 답을 해주지 않고 다시 의문을 던지며 그날 책 읽기를 마무리했다.

　"그러게. 지금, 이 아이 인생에 가장 중요한 게 뭘까?"

욕구 낱말 카드

　다음 날, 아침맞이로 '욕구 낱말 카드'를 준비했다.

지금 내가 원하는 것 하나 뽑아서 갖고 있기!
※ 주의사항 : 모든 카드를 꼼꼼히 보세요.

　반드시 모든 카드를 꼼꼼히 보도록 했다. 한 낱말에 순간 꽂히면 정말로 원하는 다른 낱말을 선택할 수 없을지도 모르기 때문이다. 아주 치열하고 신중한 선택이 이어지고, 이 욕구를 선택하게 된 까닭을 말하며 카드를 공개하는 '오늘의 욕구 선언'을 활동했다.

오늘의 욕구 선언

　"저는 잠이 필요해요. 아빠랑 노느라 늦게 잤어요."
　"이해를 원해요, 언니랑 싸웠어요. 전화를 뭐 그렇게 오래 하냐는데, 친구끼리 전화 좀 할 수 있는 거 아니에요?"
　"공동체를 원해요. 우리 반 친구들이랑 친해지고 싶어요."

가지각색 욕구를 선포하고 어린이들은 서로 깊이 공감하며 끈끈한 유대감을 느꼈다. 비슷한 감정을 느꼈던 어린이들은 서로에게 연민의 눈빛을 보냈다. 미처 생각하지 못했던 욕구를 선언한 어린이에게는 부러움의 찬사와 함께 '내가 먼저 저거 고를걸!'의 뜻이 담긴 탄식도 섞여 나왔다.

그러나 이 욕구 선언에 아주 큰 난관이 기다리고 있었다. 어린이들은 낱말의 의미를 알지 못해서 선택하지 못하거나 일일이 교사에게 질문하며 띄엄띄엄 의미를 익혔다.

기여   예측   일관성

어린이의 질문이 가장 많았던 세 가지 낱말이다. 어렴풋이 또는 확실히 이 낱말이 어떨 때 어떤 의미로 쓰이는지는 알지만, 어린이의 언어로 설명해주려니 난감하기도 할 것이다.

본교 고학년은 교내에 보관하며 사용하는 태블릿을 1인당 1대씩 가지고 있다. 먼저 어린이에게 인터넷 사전으로 검색해 보도록 권했다.

기여	도움이 되도록 이바지함. 비슷한 말) 공헌　　　'출처 : 표준국어대사전'

또 막혔다. '이바지'를 모른다. 그러면 사전을 타고 계속 알아본다. 그 어떤 세대보다 매체를 잘 사용하고 또 사랑하는 세대이다. 사전 속을 여행하며 궁금증을 해소하는 경험을 하

며 문해력은 한 뼘 더 자란다. 사전 여행에서 돌아오면 넌지시 '기여'를 사용할만한 교실 속 상황으로 설명한다.

"저번에 골키퍼 하면서 공 막았지? 한 골을 먹히면 동점이 되는데 상대 공격수가 슛을 찼어. 네가 거기서 멋지게 손을 뻗어 공을 잡아내면? 그건 팀 승리에 '기여'하는 것이지."

최대한 어린이의 삶 속에서 어린이의 언어로 풀어내야 한다. 앞에서 서술했듯, 문해력은 배경지식에 뿌리를 내리고 자란다. 누가 말해주는 뜻이 아니라 스스로 알아낸 느낌이 필요하다. 그리고 삶에서 해당 낱말이 사용되는 경우를 많이 부딪쳐봐야 한다.

'이번 주 팀 승리 기여도가 높은 투수라면, 골키퍼처럼 점수를 안 주도록 잘 막았나 보다.'와 같이 해당 낱말을 접할 때 생소하지 않고 익숙하게 하는 것이 낱말 문해력 기르기의 핵심이다.

한동안 학급 아침맞이는 '오늘의 욕구 선언'이었다. 욕구 낱말과 관련된 어린이들의 다양한 경험을 많이 들으며 낱말이 주는 느낌을 이해하고 이를 바탕으로 문해력을 기르기 위함이었다. 그리고 자신의 욕구를 당당하게 선언하며 '나는 이런 사람이야! 나는 이것을 원해!'라고 외치며 마음의 소리에 귀를 기울였다. 그리고 서로 다른 것을 원할 수도 있음을 자연스럽게 알아갔다. **'그래 너는 그것을 원해, 그럴 수도 있지!'**

〈읽기 활동 2〉 갈등 그래프 완성하기

작품 속 인물들의 욕구가 충돌하고, 주인공의 내면 욕구 또한 서로 엎치락뒤치락하는 내용이 흘러갔다. 한 주제 읽기가 끝날 때마다 어떤 욕구들이 서로 부딪혔는지 묻고 답했다.

"소속감이랑 존재감이요. 아람이는 존재감을 원해요. 다현이는 친구들과 함께하는 것이 필요한데 서로 원하는 게 달라서 마음이 틀어져요."

"은유는 소통을 원해요. 좀 안타까워요. 다른 아이들은 은유의 욕구를 이해하지 못해요."

등장인물이 서로 돌아서고 싸우는 일련의 과정을 다시 되짚어보며 '갈등'에 대해 이야기했다.

갈등	칡과 등나무가 서로 얽히는 것과 같이, 개인이나 집단 사이에 목표나 이해관계가 달라 서로 적대시하거나 충돌함. 또는 그런 상태. '출처 : 표준국어대사전'

"사람마다 살아온 인생이 달라서, 인생에서 지금 당장 필요한 점이 서로 다른 것은 당연해요. 마음속도 마찬가지예요. 지금 내 마음이 원하는 것을 잘 모를 때, 또는 너무 잘 알아서 선택이 어려울 때 갈등이 일어나요. 문학은 '갈등'의 흐름을 따라가는 장르예요."

6학년 1학기 국어 2단원 '이야기를 간추려요' 수업은 교육 과정을 재구성하여 온 책 읽기와 함께 수업했다. 문학 작품 속 갈등이 어떤 것인지 책으로 이해한 어린이들과 이야기 구조를 갈등 양상에 따라 나타내보기로 했다.

이야기 구조에 따른 갈등 양상

 칠판에 갈등 심화 단계를 나타내는 그래프를 그리고, 시작과 끝을 정한다. 어린이들은 짝을 지어 하나의 목차를 정한다. 해당 부분을 다시 읽으며 주요 사건을 찾고 인물의 갈등을 파악한다. 목차 소제목이 쓰인 카드를 생각한 갈등 심화 정도에 따라 칠판에 붙인다.

 완성된 그래프를 보며 함께 토의한다. '이 내용은 갈등이 더 심했어요.', '아직은 좀 덜 싸울 때 아닌가요? 앞부분으로 옮기면 좋겠어요.' 등 다양한 의견을 수렴하여 그래프 위 목차 카드를 정렬한다.

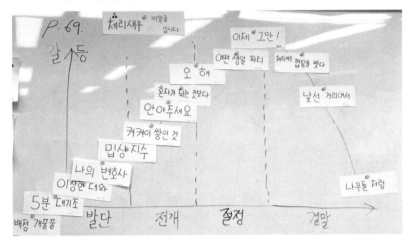

함께 완성한 갈등 그래프

완성한 그래프를 단계에 맞게 4단계로 나누고 발단-전개-절정-결말을 나누는 방법을 간략하게 설명했다. 4단계가 문학작품에서 어떻게 적용되는지는 책 줄거리와 갈등 양상에 따라 어린이들이 스스로 확인했다. 어린이가 가장 절실하게 느끼는 감정을 담았고 가장 흔하게 접할 수 있는 갈등을 담은 책을 선정했기에 수업에 더욱 활발하게 참여할 수 있었다. 한 명의 어린이도 빠지지 않고 모두 참여하였다. 제재 선택의 중요성, 그리고 온 책 읽기의 효과를 학급에 있던 모두가 함께 체감했다.

〈읽기 활동 3〉 목차별 요약하기

이야기 구조 그래프를 그리면서 갈등의 종류와 심화 정도를 탐구하고, 의견을 나눈 내용을 바탕으로 요약본을 작성했다.

요약하기 업로드

짝과 함께 목차별 가장 주된 갈등을 바탕으로 중요한 내용을 간추렸다. 간추린 내용을 목차별 요약본으로 작성해서 온책 읽기 아카이브인 「늄플릭스」에 기록했다. 또한, 반드시 들어가야 하는 내용이 빠졌거나 다시 쓸 내용을 실시간으로 수정하는 등 모든 어린이가 공동작업하며 요약하기 활동에 힘을 보태었다. 혼자서는 앞만 보지만 함께라면 옆도 뒤도 모두 돌아볼 수 있다. 집단지성의 힘이다.

〈아카이브〉 섬네일 창작하기

유튜브나 넷플릭스 등 동영상 플랫폼을 활용하는 창작자들은 '섬네일(Thumbnail)' 만들기에 집중한다. 섬네일이란, 한 장의 그림이나 사진에 나타내고자 하는 내용을 압축·요약하여 나타낸 것으로, 사람들의 이목을 집중시키고 해당 콘텐츠를 선택하도록 유도하는 효과가 있다.

온 책 읽기와 연관하여 요약하기 수업을 연구하면서 섬네일에 주목했다. 유튜브와 각종 OTT 서비스에서 미리보기 화면을 제공하거나 섬네일을 띄운 것을 살펴보면 가장 중요한 장면, 눈길을 끄는 내용을 모아서 보여준다. 요즘의 어린이들은 글보다 동영상에 더욱 흥미를 느끼고 집중한다는 점과 유튜브나 SNS에서 파생되는 문화에서 또래 관계를 형성한다. 누구보다 섬네일에 익숙한 세대일 것이다.

어린이들은 이미 요약하기를 굉장히 많이 경험했다. OTT 서비스와 유튜브 등에서 원하는 내용을 검색하면 다양한 동영상들이 자신의 콘텐츠를 홍보하는 섬네일을 제작하여 미리보기로 제공하고 있다. 이 친근한 경험을 수업에 활용하고자 했다. 요약을 그림이나 사진을 활용하면 섬네일이 되고, 글로 쓰면 하나의 요약본이 되니 너무 어렵게 접근하지 않기를 바라며 수업을 준비했다.

섬네일 예시 (출처 : Canva)

몇 가지 섬네일과 미리보기 화면을 살펴보며 특징을 분석하고, 책의 목차별 섬네일을 만들 때 주의할 사항을 의논했다.

"'체리새우 : 비밀글입니다' 책을 드라마나 애니메이션으로 만든다고 생각해 보세요. 각 목차를 한 회로 만든다면 회차별 미리보기나 섬네일이 제공되어야 하겠죠? 지금까지 글로 요약해보았다면 이번에는 그림으로 요약해서 함께 「늉플릭스」에 기록합니다. 사람들에게 가장 중요한 정보를 가장 확실하게 전해주는 섬네일에 필요한 점을 탐구하고, 단 한 장의 그림에 어떤 내용을 담아야 할지 짝과 함께 의논합시다."

핵심 낱말, 중요한 갈등 상황, 의미 있는 물건 등을 브레인 라이팅(Brain Writing)으로 최대한 많이 썼다. 그리고 중요도에 따라 하나씩 제거하고 남기며 한 장의 그림에 내용을 모두 담는 것에 주력했다.

섬네일 제작하기

디지털 기기를 활용하여 작품을 만드는 것에 서툰 어린이들이 있어서 도화지에 그림을 그렸다. 스케치하면서 무엇을 어디에 배치할지 다시 고민하고, 미리 올려둔 요약본 내용과 이질적이지 않은지, 그림과 글이 관련 있는지 살폈다. 사진을 찍거나 스캔 애플리케이션을 활용하여 요약본과 함께 올리니 OTT 서비스에서 제공하는 화면과 얼추 비슷했다.

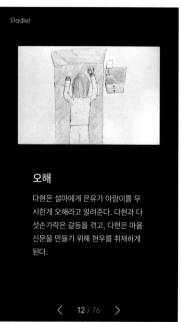

패들릿 슬라이드쇼 화면

　패들릿의 '슬라이드쇼' 기능을 활용하면 해당 회차 요약본과 섬네일이 동시에 보인다. 정말 넷플릭스 같다며 어린이들의 열렬한 환호를 받았고, 지금까지 기록물을 돌려보며 스스로 뿌듯해한다.

　모든 회차별 섬네일이 모였을 때 처음 안내한 BGM '낭만고양이'를 배경음악으로 재생했다. 이제야 왜 낭만고양이가 BGM인지 알았다며, 자신의 최애곡이 되었다고도 이야기했다.

교수학습 과정안

일시	2023년 3월 24일 (금) 1교시	대상	6-0 25명
단원	2. 이야기를 간추려요	교과서	국어
학습 목표	☞ 이야기 속 갈등을 찾고 이야기의 구조를 파악할 수 있다.		
핵심 역량	자기 주도적 역량, 문제해결 역량	수업 유형	협동학습

수업의 흐름	교수 . 학습 활동	시간 (분)	자료(▶) 및 유의점
배움 열기	〈동기 유발〉 - 이달의 책 '체리새우 : 비밀글입니다'에서 욕구가 서로 부딪힌 상황 찾아보기 〈배움 목표 제시〉 이야기 속 갈등을 찾고 이야기의 구조를 파악할 수 있다. 〈활동 안내〉 〈활동 1〉 갈등과 사건 찾기 〈활동 2〉 갈등 그래프로 나타내기 〈활동 3〉 이야기의 구조 파악하기	5분	※교사는 수업 전 미리 칠판에 갈등 그래프를 그린다.
배움 활동	〈활동 1〉 갈등과 사건 찾기 ★짝 활동 - 짝에게 하나씩 나누어준 목차 카드를 확인하고, 해당 내용을 다시 읽으면서 주요 사건과 갈등을 찾아봅시다. - 해당 목차 카드를 칠판의 그래프에 붙인다면 어느 정도 높이가 적당할지 의논해 봅시다.	30분	▶ 목차 제목 카드 ▶ 책 '체리새우 : 비밀글입니다.'

	〈활동 2〉 갈등 그래프로 나타내기 - 칠판에 차례로 나와 목차 카드를 붙이며 왜 그렇게 생각했는지 이야기해 봅시다. - 목차 위치를 수정하고 싶은 점이 있다면 의견을 말해 봅시다. 〈활동 3〉 이야기의 구조 파악하기 - 갈등이 시작되고 거세지고, 마지막에 갈등이 해소되는 과정을 '이야기의 구조'라고 합니다. 이야기 구조 4단계에 관련된 교과서 내용을 읽어봅시다. - 다시 그래프와 책 내용을 살펴보며 이야기의 구조 4단계를 목차에 표시해 봅시다, · 어린이의 판단에 따라 이야기 구조 4단계를 나눈다. - 짝과 바꾸어서 표시한 지점을 비교해보고 판단 기준을 토의해 봅시다.		▶ 국어 가 p. 69 ▶ 목차명 활동지
배움 정리	〈배움 정리〉 - 교과서 68쪽에 활동지를 붙이고 이야기 구조 4단계를 나누는 방법을 다시 읽어봅시다. 〈차시 예고〉 - 다음 시간에는 갈등과 이야기 구조를 바탕으로 요약하기 공부를 함께 하겠습니다.	10분 (6교시)	

체리새우 : 비밀글입니다 이야기 구조

발단, 전개, 절정, 결말을 점선으로 끊어서 표시해 봅시다.

반 배정 개꿀꿀

5분 대기조

발 단

이상한 대화

나의 변호사

밉상 지수

켜켜이 쌓인 것

안아주세요

혼자가 되는 것보다

오해

어떤 생일 파티

이제 그만!

체리새우 껍질을 벗다

낯선 거리에서

나무들처럼

문해력 Honey Tip과 함께 두 번째 온 책 읽기

자전거 도둑

글 박완서
출간 1999년
펴낸 곳 다림

#불완전 #상실 #극복 #BGM
#볼빨간사춘기_나의사춘기에게
#하이키_건물사이에피어난장미

한 달 읽기 흐름

BGM	• 사춘기에 피어난 장미
책 읽기	• 옛 서울 찾기
	• 수남이의 일기
	• 단편 소모임
아카이브	• 스토리보드와 스틸컷

문해력을 높이는 수업 실천

옆 반에서 소문을 듣고 온 어린이들의 표정이 어둡다.

"선생님, 다음에 우리가 읽을 책 있죠. 완전 노잼이래요."

조금은 오래된 느낌이 어린이들에게는 생소했는지 재미가 없다고 여러 반에 소문이 다 났다. 함께 책을 읽는 선생님들도 어린이들의 반응에 기운이 쭉 빠져서 어떻게 하면 빠르게 이 책을 넘길지 고민과 시름이 깊었다.

수록 작품 중 '옥상의 민들레꽃'은 학생이던 시절 교과서에서 읽었다. 문학적 가치가 높고 대중의 사랑을 많이 받았던 작품이기에 교육용으로도 사용되었으리라. 하지만 이 작품이 더욱 기억에 남는 이유는 작품이 나에게 큰 울림을 주었기 때문이다.

사춘기를 겪으며 내 편은 하나도 없는 것 같고 마음 하나 알아주는 이 없다고 생각했던 그때, 교과서에서 '옥상의 민들레꽃'을 만났다. 주인공의 마음이 어찌나 내 맘과 같은지 다음 학년으로 넘어갈 때도 국어책을 버리지 못하고 작품을 읽었다. 왜 그랬는지 다시 떠올려보면 아마 책 속 주인공의 마음도 나도 인생의 외줄을 타는 위태로운 상태였기 때문이 아니었을까. 그래서 이 책을 온 책 읽기로 준비하며 훨씬 들뜨고 힘이 났다. 울림을 주는 책 읽기를 하고 싶었다.

책에 수록된 6가지 이야기들은 '무엇인가 잃어버린' 불완전한 상황에 놓여있다. 그리고 그 상황을 이겨내거나, 회피하거나, 타파하는 방법을 찾는다. '나는 누구인가'를 정의하는 과정에 서 있는 사춘기 어린이들이 상실 속에 흔들리는 다양한 인물의 모습을 살피며 그래도 괜찮다고. 이런 삶도 저런 삶도 있다고 위로받길 바랐다.

〈BGM〉 사춘기에 피어난 장미

자전거 도둑은 첫 번째 이야기부터 읽지 않았다. 비교적 쉽게 접근할 수 있고 어린이들의 마음을 가장 흔들 수 있는 '옥상의 민들레꽃'을 읽었다.

> "나는 한때 내가 이 세상에 사라지길 바랬어
> 온 세상이 너무나 캄캄해 매일 밤을 울던 날
> 차라리 내가 사라지면 마음이 편할까.
> 모두가 날 바라보는 시선이 너무나 두려워"

사춘기의 흔들리는 마음을 이렇게나 잘 표현할 수 있을까. 아주 오래전부터 고학년 어린이들과 '나의 사춘기에게'를 감상하고 이야기를 나누고 싶었기에 이번 BGM으로 채택했다.

책을 읽는 중 계속해서 이 곡을 틀었다. 특히 주인공이 옥상으로 올라갔을 때 감정을 이입한 어린이들은 눈물을 훔치기도 했다.

> "엄마는 아빠는 다 나만 바라보는데
> 내 마음은 그런 게 아닌데 자꾸만 멀어만 가"

볼빨간 사춘기 「나의 사춘기에게」

"주인공 꼬마 있죠, 걔는 8살인데 벌써 마음이 힘들다니 힘내라고 하고 싶어요."

"저도 제가 쓸모없는 사람이면 어떻게 하나 고민했었어요. 근데 저만 하는 고민이 아닌 거 같아서 괜찮아요."

책과 음악에서 위로와 희망을 찾은 아이들에게 또 하나의 음악을 선물해주었다. 이 책을 읽을 당시, 음원 순위 역주행으로 유명해진 걸그룹 하이키의 '건물 사이에 피어난 장미'를 함께 듣고 불렀다. 유명한 노래라 금방 따라 부르고 춤도 추었다. 그리고 어린이들에게 생각할 시간을 주었다.

"옥상의 민들레꽃과 건물 사이의 핀 장미의 공통점이 무엇일까요? 자유롭게 칠판에 써주세요."

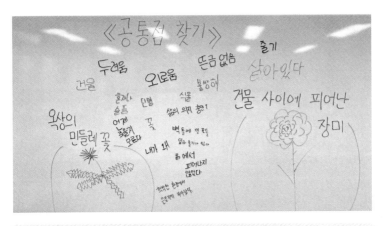

민들레꽃과 장미의 공통점 찾기

〈읽기 활동 1〉 옛 서울 찾기

작품 배경이 1970~80년대 서울이기에 어린이들은 작품에 관련된 배경지식을 전혀 가지고 있지 않다. 그래서 그 시절 서울을 미리 알아보기 위해 다양한 자료를 조사했다. 밑바닥에 바로 집을 세우지 않고 배경지식이라는 기초 공사를 탄탄히 해두고 책 읽기 작업을 진행하기 위해서였다.

1971년 세운상가 출처 : 한국저작권위원회

자전거 도둑의 주인공 수남이는 '세운상가'에서 일하는 점원으로 설정되어 있다. 그리고 아직 고교 진학을 못 한 학교밖 청소년으로 그려진다. 책을 읽으면서 인물 설정을 깊이 이해할 수 있도록 사진과 자료를 함께 제공하며 질문했다.

"그 시절 수남이가 자전거를 끌고 다녔던 좁은 골목을 상상해 보세요. 사진 속 어디에 수남이가 있을까요?"

1976년 서울 한강변의 아파트 단지   출처 : 한국정책방송원

이촌향도 현상과 도시개발 중에 생기는 갈등에 관련된 단편을 읽을 때는 70년대 당시 허허벌판이었던 강남에 아파트가 건설되는 현장을 동영상과 사진으로 찾아보았다. 한정된 삽화만으로 극 중 사건과 인물을 상상해야 했던 어린이들은 자료의 도움을 받아 조금씩 작품에 빠져들었다.

글을 온전하게 이해하기 위해서는 먼저 몰입해야 한다. 몰입에 필요한 것은 바로 '흥미'이다. 읽고 싶은 마음이 우러나고 읽기를 지속하고자 하는 동기가 유발되어야 문해까지 낙오하지 않고 도착할 수 있다. 글의 유형과 독자의 문해 정도에 따라 흥미를 일으킬 수 있는 다양한 도구를 적재적소 선택하면 문해력 향상에 큰 도움이 된다.

〈읽기 활동 2〉 수남이의 일기

어린이들은 나름대로 자기만의 '수남이'를 떠올리며 책을 읽었다. 수남이과 주변에서 벌어지는 사건에 감정을 상당히 깊게 이입해서 책을 읽는 도중에도 열띤 반응이 쏟아졌다.

"아 진짜 바보 같아요. 할 말도 못하고요."

"진짜 착한 사람인 줄 알았는데, 속았어요."

조용한 책읽기도 좋지만 이렇게 와글와글 자기 생각을 우르르 쏟아내는 책읽기도 사랑한다. 지금 이 감정에 충실하여 누구보다 열심히 책을 읽고 있다는 증거이기 때문이다.

자전거 도둑을 마무리하면서 어린이들의 온 마음이 수남이를 향해 쏟아진 이때, 수남이의 입장에서 일기를 썼다.

수남이(가 되어서 쓰는) 일기

126

복고 향기가 물씬 풍기는 얇은 공책을 죽죽 찢어 오래된 느낌을 더하니 정말 수남이가 이런 공책을 썼을 것 같다며 어린이들이 좋아했다.

일기로 쓰는 만큼 표현에 제약을 두지 않았다. 줄거리와 관련이 있으면 되고 16살인 수남이를 가장 잘 나타낼 수 있으면 된다고 말했다. 그 시절 맞춤법도 소개했다. '습니다'를 '읍니다'로 쓰던 때가 있다고 말하니 우리가 틀리는 맞춤법도 언젠가 맞을 때가 있을 거라고 대답하며 까르르 웃는다.

주인공이 되어 일기 쓰기는 간단하면서도 장점이 명확하며 문해력 향상에 도움이 되기에 읽기 중 또는 읽기 후 활동으로 자주 활용한다. 이 활동의 장점은 다음과 같다.

첫째, 사건의 순서를 파악하며 글을 읽는다. 일기를 쓰기 위해서는 하루에 일어난 일을 시간 또는 공간 이동 순서대로 나열해야 한다. 사건 발생을 순차적으로 생각하는 과정을 통해 글을 이해하는 힘이 길러진다.

둘째, 다양한 인물의 모습을 존중할 수 있다. 하나의 인물의 처지에서 생각을 서술해야 하므로 그 '인물답게' 글을 쓰기 위해서는 자신과 같든 다르든 그 인물의 말과 행동, 성격을 받아들여야 한다. 이 활동을 통해 작품 속 인물을 넘어서 사회 속에서도 다양한 삶의 형태를 이해하는 데 도움을 주고 존중할 수 있게 된다.

〈읽기 활동 3〉 단편 소모임

작지만 의미 있는 활동들을 이어가며 6개 단편을 모두 읽었다. 첫 단편을 읽기 전 어린이들에게 부탁한 점이 있었다.

"가장 나의 감정을 흔든 한 가지 이야기를 맘속으로 정해두세요. 기쁜 것도 슬픈 것도 좋아요. 어느 부분에서 감정이 휘몰아쳤는지 잘 기억하세요."

어린이는 각자 다른 감정을 일으켜준 단편 작품을 선택하고, 같은 작품을 선택한 어린이와 소모임을 만들었다. 그리고 **어떤 부분에서 감정이 일어났는지, 왜 그런 감정이 떠올랐는지** 간단하게 이야기 나누었다.

감정 낱말 카드

감정을 나타내는 말을 잘 알지 못해서 '좋아요.'로 얼버무리는 어린이도 있지만 부끄러워서 괜히 무뚝뚝하게 '그냥 그래요.'로 뭉뚱그리는 어린이도 있었다. 이렇게 감정 표현을 어려워하는 어린이들에게는 지금 느끼는 감정과 최대한 가까운 낱말을 찾으며 천천히 접근하도록 도왔다.

이야기에 이야기가 꼬리를 물고 어색했던 공기에 따스함이 감돌았다. 책을 보며 느낀 감정에 서로 공감하고, 같은 장면에서 다른 감정을 느꼈다며 신기해하기도 했다.

〈아카이브〉 스토리보드와 스틸컷

이야기 구조 스토리보드

단편 소모임 구성원 그대로 「늄플릭스」 기록을 준비했다.

애니메이션 섬네일로 흥미가 생긴 어린이들이 실제 인물 중심 촬영을 원해서 주제를 '드라마'로 정했다. 배운 내용을 기억에서 계속 꺼내 사용해야 장기 기억이 되기에 발단-전개-절정-결말 4단계 구조를 다시 사용하도록 수업을 계획했다. 이야기 구조에 따른 총 4화의 단편 드라마가 나오도록 줄거리를 나누고 연출할 장면을 스토리보드에 간단한 그림으로 나타냈다.

단편 드라마 스틸컷 촬영 현장

대본을 쓰기에 시간이 너무 빠듯했고 어린이들도 사진으로 남기는 것을 선호하여 스틸컷으로 기록하는 쪽을 선택했다. 대본이 없는 대신 연극의 멈춤 동작 기법처럼 즉흥연기를 하다가 마음에 드는 동작이 나왔을 때 멈추어 사진을 찍었다.

자전거 도둑-2

형광등을 배달하고 돈을 받고 돌아오
는 길에 수남이는 자신의 자전거가 고
급 자동차를 긁었다고 주장하는 신사
에게 붙잡힌다.

마지막 임금님-3

촌장이 임금님보다 덜 행복하게 만들
기 위해, 임금님은 촌장이 가진 소중한
것들을 하나씩 뺏어가는데……

스틸컷 아카이브 기록

 이야기 구조에 따라 총 4컷의 사진을 찍었고 6개의 단편, 총 24개의 스틸컷을 기록했다. 사진 한 장에 많은 의미를 담기 위해 어린이들 나름대로 역할도 나누고 소품도 준비하는 등 연구를 많이 했다. 덕분에 기록물의 질이 훨씬 좋아졌다. 그뿐만 아니라 다양한 애플리케이션을 자유자재로 활용하는 어린이들답게 다양한 배경과 그림을 합성하여 생생한 느낌을 살려 표현했다. 문학 작품을 온몸으로 받아들이고 표현하는 모습이 돋보이는 기록이었다.

교수학습 과정안

일시	2023년 4월 28일 (금) 5~6교시	대상	6-0 25명
단원	2. 우리나라의 경제발전	교과서	사회
학습 목표	☞ 문학 작품을 읽고 우리나라 경제성장 과정과 그에 따른 문제점을 파악한다.		
핵심 역량	의사소통 역량, 창의적 사고 역량	수업 유형	토론수업

수업의 흐름	교수 . 학습 활동	시간 (분)	자료(▶) 및 유의점
배움 열기	〈동기 유발〉 - 이달의 책 '자전거 도둑'에서 1970년대 서울의 모습이 드러난 장면 찾기 〈배움 목표 제시〉 '자전거 도둑'을 읽고 작품 속에 나타난 우리나라의 경제성장 과정과 문제점을 파악한다. 〈활동 안내〉 〈활동1〉 경제성장 요인 찾기 〈활동2〉 빠른 성장의 문제점 〈활동3〉 수남이의 일기 쓰기	5분	▶70년대 세운상가 사진
배움 활동	〈활동1〉 경제성장 요인 찾기 - 광복 이후 우리나라의 경제발전을 다시 살펴보며 우리나라의 경제발전을 위해 정부, 기업, 노동자가 각각 어떤 노력을 기울였는지 살펴봅시다. - 우리나라의 경제발전에 노동자 수남이는 얼마나 이바지했을까요? 오점 만점 손가락을 펴서 나타내봅시다,	35분	▶ 동영상 (경제성장 요인 설명)

	〈활동2〉 빠른 성장의 문제점		※ 교과서
	- 교과서를 읽고, 빠른 경제성장으로 나타난 다양한 문제점 중 수남이에게 영향을 준 문제를 찾아봅시다.		참고 가능
	· 노동 환경 문제입니다. 수남이는 학교에 가지 못하고 종일 일만 하고 있습니다.		
	· 빈부 격차 문제입니다. 돈이 많다고 수남이의 자전거를 묶어두고 함부로 대했습니다. 돈 없는 수남이는 누명을 썼습니다.		
	· 농촌 문제입니다. 농촌에서 도시로 돈을 벌러 간 형이 물건을 훔쳤고, 동생인 수남이도 돈을 벌러 도시로 나왔기 때문입니다.	30분	▶ 일기장 노트
	〈활동3〉 수남이의 일기 쓰기		
	- 70년대의 노동자로 일하고 있는 수남이가 겪은 어려움과 그때 수남이가 느꼈을 감정을 떠올리며 수남이의 일기를 써 봅시다.		
배움 정리	〈배움 정리〉	10분	
	- 25명의 수남이가 어떤 일기를 썼는지 서로 바꾸어 읽어봅시다.		
	〈차시 예고〉		
	- 다음 시간에는 경제발전에 따른 문제점을 해결하기 위한 여러 가지 노력을 살펴보겠습니다.		

'글을 정확하게 이해하기'

나는 초등학교에서 학생들을 가르치는 교사이다. 수년간 학급 담임으로 수업하며 학생들의 국어 실력이 현저하게 떨어지고 있는 것을 몸소 느낀다. 단원평가나 수행평가 등 문제를 푸는 능력은 예전과 큰 차이가 없으나, 글을 읽고 이해하고 논리적으로 말하는 능력은 심각할 정도로 떨어져 있다. 단어의 뜻을 모르거나, 오독이 많거나, 중심 문장을 찾지 못하거나, 더 나아가 문제를 풀어야 하는 필요성을 느끼지 않는다면 아예 글을 읽으려 하지 않고, 이해하려고 노력을 기울이지 않는다. 글을 읽고 이해하는 문해력의 부족은 국어 교과에 국한되지 않고, 수학, 사회, 과학 등 다른 교과의 문제해결력에도 영향을 끼치며, 일상적인 대화에서도 교사의 말을 이해하지 못하는 경우도 많다.

학생의 문해력을 높이기 위하여 다양한 시도를 하였는데, 앞으로 다루게 될 내용은 내가 고민한 부분과 나의 고민을 다른 선생님과 함께 이야기 나누고 해결책을 모색했던 과정이다.

총 4차시의 수업으로 구성하였으며, 각 수업의 내용과 수업 활동, 실천 사례로 글을 구성했다.

수업 계획

< 1 차 시 >	• 주제 공개 • 경험 나누기 • 글 정독하기 • 글 내용 확인
< 2 차 시 >	• 낭독하기 • 단어 정리 • 단어 공유 • 글 요약하기
< 3 차 시 >	• 토론 준비 • 토론하기
< 4 차 시 >	• 주장하는 글쓰기 • 첨삭지도

〔1차시〕

주제 공개 (찬반이 첨예하게 대립하는 문제)

학생의 수준, 관심사, 미디어 자료 활용 등 주제를 정할 때는 고려해야 할 사항이 아주 많다. 이 중에서 학생의 수준에 맞고, 찬반의 의견이 명확하게 나뉘는 주제를 정하는 것이 무엇보다 중요하다. 정치, 역사, 성별 문제 등 오해의 소지가 있는 주제는 피하는 것이 좋다. 학생의 수준에 너무 어렵거나 쉬운 주제는 흥미를 끌기가 어려우니 주의하자. **안락사, 착한 사마리아인 법, 동물원 폐지, 교내 연애, 노키즈존, 반려견을 카페에 데려와도 되는가, 인간 복제** 등 주제를 ppt나 영상으로 준비하여 학생의 흥미를 끌어야 한다.

주제에 대한 경험 나누기

주제에 대한 학생의 경험을 묻는다. 평상시에 관심이 있던 주제인지, 들어본 적이 있는지, 영상으로 본 적이 있는지, 누구와 주제에 대해 이야기를 나누어보았는지, 해당 주제로 글쓰기를 해 보았는지 등을 물어보면서 주제에 주의를 기울이고 관심을 갖도록 유도한다.

문제가 되는 상황을 뉴스 영상으로 준비하면, 학생은 자신과 가까운 생활 문제로 인식하는 경우가 많다.

정독하기

학생의 수준에 맞게 잘 다듬어진 글을 제공하고 속으로 읽으며 내용을 파악한다. 글을 읽고 주제를 찾을 수 있는 단계라면 추가적인 과정이 필요 없겠지만, 글을 읽는 습관이 확립되지 않은 학생은 글의 내용을 이해하지 못하기 때문에 다른 과정이 필요하다. 모둠에서 한 문단씩 함께 읽기, 선생님이 글을 전부 읽어주기, 짝과 한 문장씩 번갈아 읽기 등 여러 방법을 시도하여 보자.

내용 확인 (글의 내용에 대해 질문하기)

글의 내용을 이해하고 본인의 언어로 표현하기 위한 과정이다. 많은 학생이 단순히 눈으로 읽고 지나간 글을 본인이 이해하고 기억하고 있다고 생각하는 경향이 있다. 그러나 다수의 학생이 글을 대충 읽는 습관에 젖어 글의 중요 내용을 파악하지 못한다. 이때 글의 내용을 확인하는 질문으로 학생들이 글을 읽을 때 자세히 문맥을 이해하며 공들여 읽는 습관을 기르게 할 수 있다.

글의 이해를 돕기 위한 질문은 보통 내용 질문, 추론 질문, 가치 질문 등으로 나눌 수 있다. 글의 내용을 학생의 수준을 판단하여 학생이 흥미를 잃지 않는 선에서 질문하는 것이 좋다.

〔2차시〕

낭독하기 (단체낭독, 개인낭독)

몇 해 전에는 따로 낭독 연습을 할 필요성을 느끼지 못했는데, 해가 거듭될수록 글을 정확하게 읽는 학생 수가 줄어들었다. 단어를 잘못 읽는 경우가 허다하고, 조사나 어미를 탈락시켜 읽거나, 익숙한 단어로 바꾸어 읽는 등 자신의 마음대로 읽는 경우가 정말 많았다. 이를 해결하기 위하여 글을 반복하여 정독 후, 낭독하기 훈련까지도 따로 실시하였다.

학급 전체가 함께 여러 번 글을 읽고, 개인이 낭독하는 기회를 가져 정확히 읽는 힘을 기른다. 오독을 줄이는 다양한 방법을 시도해 보았다. 익숙한 단어가 늘어나고 문맥을 이해하는 능력이 높아지면 글을 더 잘 이해할 수 있게 된다. 단어와 문맥 지도와 함께, 정확히 읽는 훈련으로 오독을 줄일 수 있다. 물론 자신의 학급 학생들이 글을 낭독하는 능력이 충분하다면, 낭독에 많은 시간을 할애할 필요는 없다.

글에서 모르는 단어 찾아 정리하기

모르는 단어의 뜻을 찾아서 정리하라고 하면, 대부분 학생은 1~2개의 단어를 찾거나 모르는 단어가 없다는 답을 한다. 그 단어의 사전적인 의미를 묻지 않더라도, 그 단어의 뜻을 본인의 말로 표현하게 하여도 정작 말할 수 있는 학생은 많지 않다. 자신이 직접 말할 수 없는 단어를 모두 찾게 하여 뜻을 정리하는 활동으로 많은 단어를 익히는 것이 좋다. 사전 활용 교육을 겸하는 것도 좋은 방법이다. 인터넷을 활용하면 단어의 사용 사례를 더욱 많이 찾을 수 있어 좋다. 어휘력을 향상하기 위한 다양한 방법을 수업에 활용하여 보자.

모둠별로 단어 공유하기

처음 들어본 단어, 들어 봤으나 정확히 뜻을 모르는 단어, 잘못 알고 있던 단어 등으로 내가 찾은 단어를 정리하고, 모둠원들과 찾은 단어의 뜻에 대해 나누는 시간이다. 단어와 뜻을 모둠원들에게 말하면서 새로운 단어를 사용하는 경험을 할 수 있고, 모르는 단어가 서로 어떻게 다른지 알게 된다.

새로운 단어를 이용하여 문장 이어 나가기 게임, 새로운 단어를 이용한 스피드 게임 등 다양한 놀이 활동으로 흥미를 높일 수 있다.

요약하기

내가 읽은 글을 나의 표현으로 요약하는 방법은 학생이 글을 이해하고 있는지 확인하는 아주 정확한 방법이다. 제대로 요약하지 못하는 학생이 있으면, 그 상황에서 다시 요약하는 것보다는 잘 요약한 학생의 글을 보거나 들어서 다음번 학습에 새로운 기회를 주는 것을 추천한다. 자칫 요약하기에 너무 몰두하여 흥미를 잃고 토론 활동에 저조한 참여를 보이는 경우가 있으니 여유로운 대처가 필요하다.

요약할 때는 필요 없는 내용과 중요한 내용을 구분할 줄 알아야 한다. 간추리기를 하라고 하면 학생들은 아주 사소한 사건까지 일기처럼 나열하기 일쑤이다. 여러 사건 중 이야기의 흐름을 좌우하는 중요한 사건은 남기고 필요 없는 내용은 삭제하도록 알려줘야 한다. 간략한 표현으로 뜻이 전달된다면 그것이 좋은 요약하기라는 것을 지도하자.

〔3차시〕

찬성, 반대 의견의 근거 정리하기

주제에 찬성하는 쪽과 반대하는 쪽의 근거를 찾아서 정리한다. 근거가 첫째, 둘째로 구성되어 찾아서 정리하기가 쉽다. 그렇지 않은 글은 문단별로 중심 문장을 찾거나, 주제가 바뀌는 문단을 찾는 등 글을 끊어서 읽는 훈련이 필요하다.

글을 정독할 때 중심 문장에 밑줄을 그으면서 읽기와 함께 문단을 나누어서 끊어 읽으면, 표시가 되어 있지 않은 글도 근거를 찾기가 쉽다.

상반되는 주장의 비판할 점 정리하기

준비 없이 찬반 토론을 진행해보면, 많은 학생이 자신이 찾은 주장과 근거를 읽는 것에 그치게 된다. 상대방 발언의 허점과 비판점을 찾아 날카롭게 공격해야 하는데, 훈련이 되어 있지 않다면 사실 쉽지 않다. 그래서 토론 전에 비판점을 찾아보는 것이다. 인터넷에 찬반 토론하는 영상이 많이 있으니, 토론 영상을 분석하며 토론 기술을 익힐 필요가 있다.

찬반 토론하기

찬반 토론은 입장을 선택하지 않는 방식을 택하여 진행하였다. 실제로 자신이 지지하는 편을 정해서 토론하는 것이 아니다. 먼저 짝과 찬성, 반대 역할을 정하고 나의 입장을 상대방에게 설득한다. 역할은 3분에서 5분 정도 진행하고 이후에는 역할을 바꾸어 다시 토론한다. 역할을 바꾸었을 때의 규칙은 상대방이 한 말을 다시 하지 않기 정도로 정하여 다양한 의견이 나올 수 있도록 유도한다. 짝 토론이 끝나면 전체를 반으로 나누어 찬반 토론을 진행한다. 학급에서 토론의 목표는 상대방을 설득하거나 이기는 것이 아니고, 주제를 심도 있게 이해하고 비판적인 사고를 기르는 데에 있다는 것을 교사는 잊지 말아야 한다.

내 입장 정하기

토론 활동이 끝나면 나의 입장을 정하여 간단하게 글로 정리한다. 토론한 내용을 바탕으로 주장과 근거, 근거를 뒷받침하는 자료 등을 책과 인터넷에서 찾아서 주장하는 글쓰기 준비를 한다.

〔4차시〕

주장하는 글쓰기

주제에 관한 생각을 직접 글로 써 본다. 처음에는 일반적인 줄글 공책에 쓰고, 익숙해진다면 원고지 사용 교육 후에 원고지에 써 본다. 원고지 사용 교육도 중요하지만, 정확한 원고지 사용법에 몰두하여 학생의 흥미를 잃게 하는 것은 곤란하다. 문해력을 신장시키는 것이 목표라는 것을 잊어서는 안 된다.

첨삭지도

원고지 사용이 익숙하지 않은 아동에게는 단어, 문법, 원고지 사용법 전부를 체크하는 것보다는 가장 어려워하는 부분을 먼저 짚어주고, 그 이후에 차차 개선하도록 하는 것이 좋다.

문해력을 높이는 수업 실천

국어 교과서 6학년 1학기 4단원에 있는 '동물원은 필요한가?'를 주제로 지도한 내용을 살펴보자.

주제 공개, 경험 나누기

동물원에 가본 경험 나누기
동물원에서 즐거웠던 경험은?
동물원에서 불편했던 경험은?
내가 그 동물이라면 어떤 기분일까?
내가 그 동물이라면 동물원에 있고 싶을까?
원래 동물은 어디에서 살았을까?

영상 자료를 활용하여 멸종 위기 동물을 보호하는 장면, 동물원에 갇혀 괴로워하는 장면을 차례로 보여주어 주제에 대한 관심과 이해를 높인다.

아주 다양한 답변이 나올 수 있는데, 교사는 어느 한쪽의 이야기로 의도를 가지지 말고, 다양한 입장에서 여러 가지 답이 나올 수 있도록 유도하는 것이 좋다. 마인드맵을 작성하여 수업을 진행하였다.

정독하기, 내용 질문하기

중요한 부분에 밑줄을 그으며 글을 읽었다. 이해하기 어려운 내용이 있으면 빈 공간에 의문점을 적어두고, 질문에 대한 답을 스스로 찾아보게 하였다.

단답형 질문을 먼저 하고, 서술형 질문을 하여 글의 내용 이해를 도왔다. 글에서 쉽게 답을 찾을 수 있을 정도의 질문을 하여, 많은 학생의 참여를 끌어냈다.

▲단답형 질문

Q 문제 상황을 설명한 사람은 누구인가요?

A 시은이입니다.

Q 동물원이 있어야 된다고 주장한 사람은 누구인가요?

A 지훈이입니다.

Q 지훈이는 자신의 주장을 뒷받침하기 위해 몇 가지 근거를 들었나요?

A 두 가지 근거를 들었습니다.

Q 원래 살던 환경을 그대로 동물원으로 옮기는 것은 불가능하다는 것을 누가 말했나요?

A 미진이입니다.

Q 서울 동물원에는 한 해 평균 몇 명이 방문하나요?

A 350만명이 서울 동물원을 방문합니다.

▲ 서술형 질문

Q 시은이는 어떤 역할을 했나요?

A 문제 상황을 설명하는 역할을 했습니다.

Q 지훈이의 주장은 무엇인가요?

A 동물원이 있어야 한다고 주장했습니다.

Q 지훈이가 말한 주장과 근거는 무엇인가요?

A 동물원은 우리에게 즐거움을 주고, 동물을 보호해
  주기 때문에 동물원은 있어야 한다고 주장했습니다.

Q 미진이는 왜 동물원을 없애야 된다고 했나요?

A 동물원은 동물의 자유를 구속하고, 동물에게 사람들의
  구경거리가 되는 고통을 줍니다. 동물원은 인공적인
  환경이기 때문에 자연을 대신할 수 없습니다.
  그래서 동물원을 없애야 한다고 주장했습니다.

Q 시은이는 어떤 문제 상황을 제시했나요?

A 동물원은 동물에 대해 배울 수 있는 장소이지만, 좁은
  우리에 갇혀 살아가는 동물은 스트레스를 많이 받는다고
  했습니다.

낭독하기, 단어 찾아 정리, 요약하기

처음에는 단순히 여러 번 읽는 활동을 하였다. 단어를 따라 읽고, 문장, 문단, 글 전체 순으로 읽는 연습을 하자 오독이 줄어들었다. 하지만 새로운 글을 마주하면 틀리게 읽는 경우가 많아서 다른 방법도 시도해 보았다. 천천히 읽기, 띄어쓰기 부분을 쉬면서 읽기, 줄이 바뀌는 부분에서는 먼저 다음 줄을 본 다음 이어 읽기 등을 시도하였다. 한 문장을 한 글자씩 천천히 읽어도 좋으니 정확하게 읽은 아동에게는 보상을 내걸고 학생의 참여를 독려한 경우도 있었다.

단어를 모르고 처음 보는 단어라서 정확히 읽지 못하는 경우도 많았다. 이를 해결하기 위하여 모르는 단어의 뜻을 찾아 쓰는 활동을 하였는데, 처음에는 모르는 단어가 없다고 답하는 학생이 대부분이었고, 모르는 단어가 많지 않다고 답하는 학생이 많았다. 하지만 단어의 뜻을 말해보라는 질문에 제대로 답하는 학생은 적었고, 사전에 나와 있는 뜻이 아니어도 되니 뜻을 자신의 말로 설명해 보라고 해도 정확히 답하지 못했다. 그래서 생각해낸 방법이, 미리 학생이 모를법한 단어를 10개 정도 작성해놓은 학습지를 배부하고 뜻을 채우게 하였다. 이 활동이 반복되자 학생들은 점점 모르는 단어를 많이 적게 되었고, 자신의 말로 단어를 설명하는 능력도 늘게 되었다.

단어	뜻	문장 만들기
생태	생물이 살아가는 모양이나 상태	식물의 생태를 조사하다.
습성	습관이 되어버린 성질	습성을 지니다
까닭	일이 생기게 된 원인이나 조건	까닭을 알아봅시다
열대 지역	지구 연대 우림 기후에 속하는 지역	열대지역에는 열서리들이 있다
제한	일정한 한계를 정하거나 그 한계를 넘지 못하게 막음	제한이 있다.
구속	행동이나 의사의 자유를 제한하거나 속박함	구속을 받다
인공적인	사람의 힘으로 만든것	미생물을 인공적으로 배양하다
행동반경	사람이나 동이 행동하 수 있는 범위	행동반경을 줄못다.
인위적	자연의 힘이 아닌 사람의 힘으로 이루어내는것	종음들은 인위적으로 만들었다
탄반띨	원래의 모양이나 형태를 바꿈	인간의 탄변로했나
이한눈안	막힌데가 없이 트이고 넓다	우주는 광활하나

단어	뜻	문장 만들기
생태	생물이 살아가는 모양이나 상태.	식물의 생태를 조사하다
습성	동물중 내에서 공통되는 생활 명상이나 어류의 습성과 생태를 연구한다
까닭	일이 생기게 된 원인이나 조건	까닭없이 불안한 마음
열대 지역	태양의 빛을 가장 많이 받는 지역	우리나라는 열대지역이 아니다
제한	일정한 한도를 정하거나 그 한도를 넘지	제한이 있다.
구속	행동이나 의사의 자유를 제한하거나 속박	구속을 받다
인공적인	사람의 힘으로 만든 것	미생물을 인공적으로 배양했다
행동반경	사람이나 동물이 행동할 수 있는 범위	내 행동반경은 학교 근처다
인위적	자연의 힘이 아닌 사람의 힘으로 이루어	인위적으로 만들어진 호수
광활한	막힌 데가 없이 트이고 넓다	광활한 평원
눈앞것거	눈으로 보기만 하면서 어느 정도 모르을 명화에서 먹어운 장면은 다란한 눈앞

▲ 단어 뜻 찾기, 문장 만들기

글의 내용에 대한 이해를 돕기 위하여 찬성, 반대 입장의 주장과 근거를 찾아서 정리하였다. 중심 문장을 찾는 연습을 몇 번 하면 쉽게 정리할 수 있다.

2. 주제에 대해 찬성, 반대하는 근거와 근거를 뒷받침하는 자료 찾기

	근거	자료
찬성	동물원은 우리에게 큰 즐거움을 준다	300년전에 이미 동물원을 만들고 은 많은 사람은 동물을 궁금했다
찬성	동물원은 동물을 보호해준다	야생에서는 먹이가 없어 죽거나 굶어죽기도 해서 동물을 보호받을수있다
반대	동물원은 동물의 지위를 구속하고, 사람의 구경거리가 되는 고통을 준다	동물은 동물원에서 제한된 공간이라 같이생활하면 관람 객을 마주해야한다 고통을 느낀다
반대	동물원은 인위적인 환경이기에 자연을 대신할수 없다	동물원 위주 있는 환경을 그대로 재현하는건 힘들다

	근거	자료
찬성	동물원은 우리에게 큰 슬거움을 준다.	사람들 동물도 좋아하고 가까이하려고 쉽게 만나서 있음
찬성	동물원은 동물을 보호해 준다	아픈 사냥 안에서 힘이었음 먹어다 약을 제공
반대	동물원은 동물의 자유를 구속하고 사람구경거리나 되는 고통을 준다	제한된 공정에 관해 동물대속 받음
반대	동물원은 인위적인 환경때문에 자연만큼은 대신 할 수 없다.	야생반기왕 동물

▲ 주장과 근거 정리

　글의 내용을 요약하여 이해를 도왔다. 요약하기가 익숙하지 않은 학생들은 글에 나와 있는 표현을 그대로 옮겨 적기에 급급하여 원래 글의 길이만큼 다 적는 경우도 많다. 요약하기는 단순히 글을 베껴 쓰는 것이 아니라, 중요하지 않은 내용을 삭제하고, 자신의 말로 쉽게 쓰는 것이라고 강조하여 지도하고 많이 연습했다.

▲ 요약하기

토론 준비하기

인터넷을 이용하여 '동물원은 필요한가'라는 주제의 찬성, 반대의견과 뒷받침하는 자료를 찾아 토론을 준비하는 과정이다. 교사의 안내 없이 자료를 찾으라고 하면 학생들은 한두 가지 찾고 새로운 내용을 찾지 않는 경우가 많다. 사고를 확장할 수 있도록, 다양한 방향을 제시하여 여러 각도에서 주제에 접근하도록 유도해야 한다.

또 나의 입장을 정하지 않고 찬성, 반대의견 모두의 입장에서 자료를 찾아보도록 한다.

• 동물원의 역할은?
• 동물들이 동물원에서 더 행복한가?

- 자연에서는 다치면 죽을 확률이 높지만 동물원에서는 치료 받을 수 있는데, 동물 입장에서는 더 좋은 환경이라고 볼 수 있지 않을까?
- 멸종 위기 동물을 보호하는 것이 맞는가?
- 동물원이 사람들에게 주는 즐거움을 뺏을 것인가?
- 사람과 동물 중 무엇이 더 중요한가?
- 동물원은 잘 관리되고 있는가?

동물원은 필요하다에 대한 비판점	우리들이 동물원에 큰 즐거움을 느끼지도, 특히 멸종 위기, 극지방에 사는 동물들은 자기가 살던곳이 아니라 불편함, 스트레스를 많이 받을수있습니다.
	동물원은 동물들을 보호해주는것은 맞지만 동물들은 무리로 같이 다니는 동물이 많기 때문에 동물원된 동물들에게 불편하고 힘든 공간일 분입니다.
동물원은 필요없다에 대한 비판점	동물원은 크고 환경도 좋고 먹이도 많이 준다. 동물들이 사람에게 구경거리가 되도 사람들은 친절하고 먹이도 주고 예쁘게보는 사람들 절반 몸을 저건 생각합니다.
	동물원은 인공적인 환경이긴하지만 요즘에는 실제도 풀되어 있고 자연과 비슷하게 구현되어있기 어느정도 자연을 대신합니다.

▲ 토론 준비

토론하기, 주장하는 글을 쓸 준비하기

찬반 토론을 할 때에는 Pro-Con 토론 방식을 추천한다.

3-5분간 짝과 찬성, 반대편을 정하여 토론하고, 시간이 끝나면 입장을 바꾸어 똑같이 토론한다. 방금 상대방이 말한 내용을 다시 말하면 않는 것이 규칙이다.

짝 토론이 끝난 뒤 모둠 토론을 해도 좋고, 반 전체를 반으로 나누어 위의 방식대로 토론하여도 좋다.

토론이 끝나면 어느 쪽이 이겼는지 묻는 학생이 많은데, 이 토론은 승패를 정하는 것이 아니라 다양한 방식으로 이야기 나누어 보는 것이라고 지도하였다. 학생이 자신의 언어로 상대 발언의 허점을 찾아 논리적으로 토론하는 것이 중요하다.

전체 토론을 할 때는 주제에 벗어나거나 인신공격성 발언, 억지 주장 등은 교사가 적절히 개입하여 중재하여야 한다.

토론이 끝나면 자신의 입장을 정하고 주장하는 글을 쓸 준비를 한다.

교실에서 활용할 수 있는 두 가지 찬반 토론 방식을 알아보자.

Pro-Con 토론	
1차 토론	▷ 가위바위보로 이긴 사람은 찬성, 진 사람은 반대 입장이 되어 토론 (입장을 정하지 않음) ▷ 짝끼리 토론 (3분 또는 5분)
2차 토론	▷ 1차 토론에서 찬성이었던 사람이 반대 입장이 되고, 반대였던 사람이 찬성 입장이 됨 ▷ 1차 토론에서 정해진 시간이 지나면, 교사의 '입장을 바꿔서 토론하세요'라는 말을 듣고 입장을 바꾸어 토론함 ▷ 1차 토론할 때 상대방이 말했던 근거와 자료를 다시 말하지 않기
3,4차 토론	▷ 위의 1,2차 토론 방식을 반 전체에 적용함 ▷ 전체를 반으로 나누어 찬성, 반대 입장에서 토론하고, 시간이 지난 후 입장을 바꾸어서 토론함 ▷ 같은 입장 토론자의 발표 내용을 보충하거나, 상대편의 발언을 비판하는 등 자유로운 토론이 가능

찬반 토론	
토론 준비	▷ 논제를 확인하고 <u>입장을 정함</u> ▷ 논제에 대한 나의 주장과 근거를 생각함 ▷ 상대측의 반론이나 질문을 예상해 보고, 반박할 방법 을 찾기
토론 하기	▷ 사회자, 찬성 토론자, 반대 토론자, 판정단으로 역할 정하기 ▷ 주장 펼치기, 반론하기, 주장 다지기 순으로 토론하기 ▷ 상대방 주장의 오류를 지적하고, 논리가 약하거나 확 인이 필요한 부분을 질문하고 답함
판정 하기	▷ 아래의 기준으로 판정함 주장 펼치기: 설득력이 있고 근거가 타당한가? 반론하기: 오류를 찾아 반론하는가? 　　　　　답변이 적절한가? 주장 다지기: 정리하여 분명히 주장하는가? 태도: 토론의 규칙과 예의를 지키는가?

5. 주제에 대한 나의 의견과 근거 쓰기 (글쓰기 준비)

나의 주장	동물원은 있어야 한다.
근거	동물원이 있으면 동물들을 편하게 살수있다. 동물원에서 동물들은 많은 사랑을 받는다 (야생에서 동물을 끼니면 도망가는거 대부분이다) 동물원은 보기 어려운 동물을 늘인다

▲ 자신의 입장 정하고 글쓰기 준비

주장하는 글쓰기, 첨삭지도

주장하는 글을 쓸 때는 처음에는 줄 공책에 써서 쓰기 활동에 익숙해지도록 하는 것이 무엇보다 중요하다. 글을 쓰는 것에 어느 정도 익숙해졌다면 원고지에 주장하는 글을 옮겨 쓰고 첨삭 지도한다. 주장하는 글의 서론, 본론, 결론에 들어갈 내용을 반복 지도하여 글의 형식에 익숙해지도록 지도하자.

세세한 부분까지 전부 표시해 주는 것보다는 단어, 문법, 문장, 문단의 어울림, 원고지 교정법 등으로 목적을 정하여 지도하는 것이 더 효과적이다. 자칫 원고지 사용법에만 몰두하게 되어 문해력 신장이라는 목적을 잊지 않도록 유의한다.

동물원은 필요한가

요즘은 동물원에 대한 갈등이 있습니다. 그중 저의 의견은 '동물원은 필요하다' 라는 의견입니다.

저의 동물원은 필요하다, 에 대한 의견들을 말아봅시다.

첫째, 동물원은 자연에서 떠돌거나 먹이가 없어 굶어 죽는것을 예방한다. 동물원에서

동물들이 살면 동물들은 자연과 비슷한 환경에서 굶어 죽을일은 없이 살수있습니다.

그리고 동물들은 자연에서 맹수들이나 천적들에게 잡혀먹는것보다, 동물원이 먹이도

많고 환경도 좋으니, 동물들도 동물원을 좋아할거라 생각을 합니다.

둘째, 동물원에서 동물은 많은 사랑을 받는다. 앞에서 말했듯이 야생에서는 잡아먹힐

수도 있고, 만약 사람들을 만났다고 대도 도망가는 경우가 많습니다,

하지만 동물원에서는 동물들이 아주 많은 사랑을 받고 좋아합니다. 실제 에버랜드 '푹바오'

는 사람들에게서 많은 사랑을 받고있습니다.

셋째, 동물원에서는 동물들을 보호해준다. TV에등 같은 동물원 프로그램들을 보면 사육사

들이 동물들을 매우 좋아하고 보호 해줍니다. 요즘은 동물원도 동물을 보호하기위해 철창 대신

두꺼운 유리로 막혀있는것들로 많이 바뀌었고, 그러므로 동물에게 음식, 쓰레기등등을 버리는

행위는 철저하게 보안되고 있습니다.

이런 여러가지 이유로 우리는 동물을 보호해주는 동물원을 보존해 야합니다.

그리고 우리들은 야생동물을 보호해줄수 없으니까, 우리에겐 동물을 좋아하는 사육사, 동물원

관계 자가 꼭필요합니다.

▲ 주장하는 글쓰기

동물원은 필요한가

☐ 요즘 동물원에 사는 동물들이 이상행동 그리고 수명이 단축이 짧아졌다. 그래서 저는 동물원은 필요하다에 반대한다.

☐ 첫째, 동물들이 산는 우리가 질병에 시달린다. 청소하기가 좋아 우리를 콘크리트로 만든 경우가 대부분이다. 너드러운 흙과 자연 속에서 생활한 동물은 각종 질병에 시달린다.

☐ 둘째, 비좁은 우리로 인해 동물들이 이상행동을 하고 있다. 동물들은 비좁은 우리에서 나갈 수 없다는 사실을 이해하지 못해 이상행동을 한다. 예를 들어 코끼리는 몸 앞뒤 흔들기, 침팬지는 자신이 토한 음식 먹고 토하기, 타조는 자신의 털 뽑기 등 여러 동물들이 이상행동을 하고 있다.

☐ 셋째, 비좁은 공간에서 장기간 생활로 면역력이 저하된다. 동물들은 좁은 우리에만 있다 보니 면역력이 자연에 있을 때보다 떨어진다. 또 각종 바이러스에 노출되어 집단 폐사를 하기도 한다.

☐ 동물원은 인간의 이기심에 만든 최악의 휴식처이다. 인간에 입장에 서는 휴식일지 몰라도 동물의 입장에서 보면 감옥 같은 존재이다. 그러므로 나는 동물원은 필요하다에 반대한다.

▲ 주장하는 글쓰기

교수학습 과정안

일시	2023년 6월 15일 (목) 2교시	대상	6학년
단원	4. 주장과 근거를 판단해요	교과서 (차시)	2/4
학습 목표	☞ 단어를 익혀 글을 이해할 수 있다.		
학급 구성	남 13 여 11 (24명)	수업 유형	협동학습

수업의 흐름	교수 . 학습 활동	시간 (분)	자료(▶) 및 유의점
배움 열기	〈동기 유발〉 - 단어를 몰라서 글을 이해하지 못하는 아동들의 영상 시청 - 내가 글을 읽을 때 어려운 점 이야기하기 〈배움 목표 제시〉 ☞ 단어를 익혀 글을 이해할 수 있다. 〈활동 안내〉 〈활동1〉 단체낭독, 개인낭독 〈활동2〉 모르는 단어 정리, 모둠 공유 〈활동3〉 글 요약하기	5분	▶ 문해력 영상
배움 활동1	〈활동1〉 단체낭독, 개인낭독 - 한 문장씩 단체 낭독 - 한 문단씩 단체 낭독 - 모둠별로 한 문장씩 이어서 낭독하기 - 개인 낭독 - 틀리게 낭독한 부분의 이유 생각하기 - 정확히 낭독하기 위해 필요한 부분 생각하기	10분	

수업의 흐름	교수 . 학습 활동	시간 (분)	자료(▶) 및 유의점
배움 활동2	〈활동2〉 단어 정리, 단어 공유 ★모둠 활동 - 단어 정리장에 모르는 단어 뜻과 사용 예시 찾기 - 모르는 단어의 사용 예시 발표하기 - 모둠별로 모르는 단어 소개하기 (모둠 활동) - 찾은 단어로 이야기 이어가기 게임 ＊애매모호한 단어는 모두 찾도록 함.	10분	▶ 단어 　정리장 ▶ 태블릿, 핸드폰
배움 활동2	〈활동3〉 글 요약하기 - 글을 요약할 때 주의점 상기 (나의 말로 표현, 필요 없는 부분 삭제, 중요한 부분만 요약) - 요약한 글 발표하기 - 다른 학생의 요약한 글과 내 글 비교하기	10분	
배움 정리	〈배움정리〉 생각 넓히기 활동 - 수업 후 배운 내용과 느낀 점 발표 - 글을 요약할 때 고려해야 될 것은? 〈차시예고〉 - 다음 차시 활동 안내	5분	

05_동시로 시작하는 문해력 싹 틔우기 프로젝트
'동시와 말놀이로 만나는 문해력'

일반적으로 문해력 향상을 위해서는 학생들의 현 수준에서 조금 더 도전해야만 하는 수준의 난이도의 내용을 선정하고 줄글을 최대한 다양하게 읽어야 한다고 생각할 수 있다. 현장에서 진행하고 있는 한 학기 한 권 읽기 활동 역시 대체로 이 틀에서 벗어나지 않고 있다.

하지만 본 프로젝트에서는 그간 잘 시도하지 않았던 이야기 글 대신 동시를 글감으로 3학년 학생들과 온 책 읽기 활동을 진행하였다. 도서 선정 이후 담임 교사들의 우려와는 달리 오히려 학생들이 수수께끼와도 같은 책 제목과 그간 해오던 활동에서 벗어나 동시를 활용한 수업에 흥미를 보여 동기를 학습으로 끌어오는 데 긍정적인 영향을 주었다.

본 프로젝트에서는 시의 의미를 효과적으로 이해하기 위해 단순히 글을 읽는 것을 넘어 자신의 경험과 생각을 꺼내 시의 일부를 바꾸어 쓰고 이를 낭독극 및 동시극으로 표현하는 것으로 발전하여 미술, 음악과와 주제통합 수업을 진행하였다. 이를 위해 차시별로 각 부에 있는 시를 읽고 자신의 생각과 경험을 담아내는 활동을 주로 실시하였다.

글 이안

그림 정진호

출간 2020년

펴낸 곳 문학동네

수업 계획

동기 유발	• '오리 돌멩이 오리'의 제목, 표지 그림 살펴보기
동시집 읽기	• <활동1> 동시집 읽기 - 마음속 시 고르기
생각 나누기와 표현하기	• <활동2> 시 바꾸어 쓰고 낭독극으로 표현하기
	• <활동3> 우리 모둠의 시와 음악으로 동시극 만들기
정리 및 확인하기	• <배움정리> 시 전시회

〈동기유발〉: 표지 탐색

본격적인 활동에 들어가기 앞서 함께 읽을 책과 프로젝트에 관심을 가질 수 있도록 표지 그림과 제목을 보고 그 의미를 추측하였다. 표지를 보고 나서 든 학생들의 생각과 '오리 돌멩이 오리'라는 제목의 의미에 대해 자유롭게 탐색하였다.

뒤이어 책에 들어가기 앞서 시인이 쓴 글을 읽으며 제목이 담긴 의미를 확인하고, 시가 우리 삶에서 접할 수 있는 평범한 소재에서 글감을 찾고 살아가는 이야기를 담아낸다는 것을 자연스럽게 이해할 수 있도록 하였다.

〈동시 집 읽기〉: 마음 속 시 고르기

이야기책과 달리 동시집의 경우 이야기가 이어지는 대신 여러 시를 읽어보는 방식으로 진행된다. 이에 따라 학생들은 각 챕터별로 수록된 동시를 읽고 각각의 시에 대한 느낌을 담아 한 줄 글쓰기를 진행하였다.

동시집 읽기

시를 읽어보고, 시에 대한 자신의 생각 (인상 깊은 점, 칭찬할 점 등)을 적어봅시다.

순	시	나의 생각
1	해바라기 창문	아침에 동쪽을 보고 있는 해바라기를 떠올려서 시를 만든 것 같다
2	어린 소나무의 각오	조그만 소나무가 큰 나무로 되게 가신남처럼 보고싶다가 자라였다
3	마지막 잎새	나무에 하나밖에 없는 나뭇잎을 보적이 있다.
4	도미노 놀이	도미노 놀이를 할때 조심조심 안도적이 있다.
5	겨울	비둘기가 빤짝 반짝으려 나신다는게 조금 묘상하다.
6	로드 킬	우리 아빠도 동네 줄 차고 친절이 일어서 인상 깊다.
7	도둑놈의갈고리	나쁘고 이상한 것이 이쁜 것을 나는다고 개성까다
8	모과나무	모과나무가 나무로 볼때에 이름을 말하면 다고 나무와 똑같다.
9	덩굴	담에 덩쿨이 많이 붙어 있는 것에요 보적이다.
10	덩굴2	덩쿨이 뭐가 뱀 같다.
11	앵두꽃	앵두꽃에 대하여 시를 쓴게 대단하다. 나는 빨두꽃 밭에
12	그림자 방석	나도 벚꽃이 떨어질때 바닥득 보면 그 그
13	찔레꽃 식당	이 시는 식당에서 찔레꽃을 보고 쓴시 같다.
14	해바라기	해바라기가 노래서 해를 삼킨것 같아서 신기같다.
15	투수왕과 왕뚜의 대결	대려가 빠리 날아다니는걸 표현한 것 같다.
16	참새	나도 참새들이 모여있는걸 보적이 있다.

시 읽고 한 줄 글쓰기

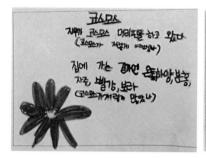
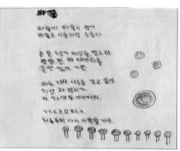

시에 어울리는 장면 그리기

이어 각 챕터에서 가장 마음에 와닿는 시를 한 편 골라 적어
보고, 시의 장면에 어울리는 장면을 그려 나만의 시화를 만들어
보는 방식으로 시를 이해할 수 있도록 하였다.

⟨표현하기⟩ : 시 바꾸어 쓰고 낭독극으로 표현하기

동시집을 온 책 읽기로 선정하고 나서 이번 프로젝트를 학생들이 동시를 지어보고, 자신이 지은 동시를 낭독극과 동시극으로 만들어 발표하는 방향으로 설정하였다. 이번 프로젝트에서 진행하는 동시 쓰기와 연극, 그리고 음악 만들기 모두 3학년 학생들에게는 처음 접하는 도전의 성격이 강해 창작 활동은 간단한 수준에서부터 진행하였다.

시 창작은 바로 한 편의 시를 완성하기보다는 매 차시 시를 읽고, 그중 학생들과 함께 장면을 만들고 생각을 펼치기 좋은 시를 정해 생각과 경험을 살려 시의 일부를 바꾸어 보는 방식을 활용하였다.

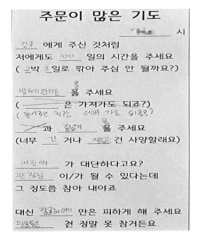 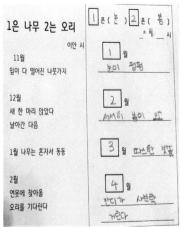

시의 일부 바꿔보기 1

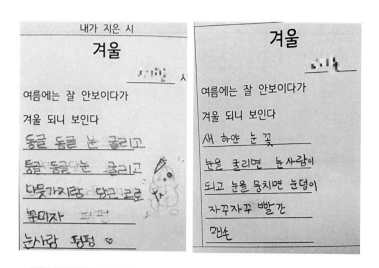

시의 일부 바꿔보기 2

이어 각자 만든 시 중에서 모둠별로 한 편씩 낭독극을 만드는 활동을 진행하였다. 낭독극에서는 장면에 대한 움직임 표현이나 무대 장치 없이 각 장면에서 필요한 의성어와 의태어, 적절한 쉼(pause) 등을 통해 이야기를 좀 더 생동감 있게 표현하는 데 의미를 두었다.

〈표현하기〉 : 우리 모둠의 시와 음악으로 동시극 만들기

동시극 제작은 음악 및 미술 수업과 연계하여 총 10차시 간 진행하였다. 진행 과정은 다음과 같다.

차시	교과	주요 활동
1-2	국어	**동시극으로 만들 시 선정하기** - 모둠원에게 자신이 만든 시 소개하기 - 우리 모둠의 시 한 편 선정하기 - 시에서 나타나는 인물, 사건, 배경 정리 - 우리 모둠이 표현하고자 하는 모습에 대해 이야기 나누고 계획 수립하기
3-6	음악	**동시극에 어울리는 음악 만들기** - 시에 음률이 더해지면 노래가 된다는 것을 이해하고, 음악적으로 시 낭송하기 - 시에 어울리는 악기 및 장르 선정하기 - 크롬뮤직랩과 워크밴드를 활용해 모둠별 창작 음악 만들기 (어려운 경우 기존 배경음악과 타입비트 활용하기) - 장면에 어울리는 효과음과 배경음악 넣기
7-8	미술	**우리 모둠의 동시극 장면 만들기** - 동시극에 어울리는 배경 계획해 꾸미기 - 우리 모둠의 작품 앨범 표지 만들기
9-10	국어	**모둠별 동시극 발표하기** - 모둠별로 우리 모둠의 동시극 발표하기 - 심사위원이 되어 다른 모둠의 동시극에 대한 감상 나누기

동시를 바탕으로 한 문화예술 중심 재구성을 프로젝트의 주요 목적으로 설정하였기에 이 활동이 다른 소재에 비해 문해력 신장에 긍정적인 역할에 기여할 것인지에 대해서는 의문을 가지고 있었다. 하지만 학생들이 이야기글에 비해 함축적인 의미를 담고 있는 시를 읽고, 더 나아가 자신의 생활에서

소재를 찾아 시를 바꿔쓰거나 새로운 시를 만드는 활동을 통해 시에 담긴 속뜻을 이해하고 운율감을 이루는 요소를 찾으며, 감각적인 표현을 자연스럽게 사용하는 모습을 보였다.

또한 시의 장면을 극화하는 과정을 통해 시를 이야기로 바꾸고, 그것을 다시 장면으로 전환하면서 글의 종류에 따른 표현 방법의 차이를 학생 스스로 발견하는 것을 발견할 수 있었다.

〈배움 정리〉 : 시 전시회

프로젝트를 마무리하는 단계에서는 학생들이 그동안 만든 시를 표지 그림을 동시극 발표 단계에서 나눈 심사평과 함께 정리하였다. 또한, 다른 모둠의 동시극을 우리 모둠이 바꾸어 표현한다면 어떻게 할 수 있을지에 대해 이야기를 나누어보았다. 정리한 결과는 교실에 게시하여 활동을 마무리한 이후에도 지속적으로 감상 활동을 진행할 수 있도록 하였다.

교수학습 과정안

일시	2023년 ○월 ○일 (○) 1~2교시	대상	3-○
단원	9. 작품 속 인물이 되어	교과서 (차시)	국어 (주제통합)
학습 목표	시의 일부를 바꾸어 쓰고 낭독극을 할 수 있다.	수업 유형	협동학습/표현활동

수업 흐름	교수 . 학습 활동	시간 (분)	자료(▶) 및 유의점
배움 열기	〈동기 유발〉 - 우리 주변에서 보이는 것 찾기 　T : 교실과 창 밖에서 보이는 것을 찾아봅시다. 　T : 친구들, 책상, 칠판, 소나무, 구름, 아파트, 땅, 　　　하늘 등이 있습니다. 　S : 눈 앞에 보이는 장면으로 시를 짓는 작가가 된다면 　　　어떤 생각을 할 것 같나요? 　T : 풍경이 예쁩니다, 소나무가 우뚝 솟아 있고 　　　추워보입니다, 〈배움 목표 제시〉 **시의 일부를 바꾸어 쓰고 낭독극을 할 수 있다.** 〈활동 안내〉 　[활동 1] 1은 나무 2는 오리 　[활동 2] 나도 시인 - 시 바꾸어보기 　[활동 3] 나만의 방법으로 숫자 만들기	4분 1분	▶'오리 돌멩이 오리' 책 -학생들이 자유롭게 상상할 수 있도록 다양한 의견을 수용한다.
배움 활동 1	〈활동 1〉 1은 나무 2는 오리 　T : 오늘의 주제는 무엇인가요? 　S : 1은 나무 2는 오리입니다. 　T : 이 주제는 오늘 읽을 시 중 한 시의 제목입니다. 　　　주제의 의미를 자유롭게 이야기해봅시다. 　S : 나무가 한 그루, 오리가 두 마리 있을 것 같습니다. 　　　나무 모양이 1일 것 같습니다 등 　T : 작가는 왜 제목을 이렇게 지었을까요? 　S : 사람들이 알아차리지 못하도록 암호로 만든 것 　　　같습니다. 재미있게 표현하려고 한 것 같습니다. 등 　T : 나무와 오리를 칠판에 그려보면 어떤 모양일까요? 　S : 1이랑 2 모양과 비슷한 것 같습니다. 　T : 그러면 오리 돌멩이 오리는 무엇을 의미하는지 　　　작가의 말을 참고해 찾아봅시다. 　S : 202라는 뜻입니다.	25분	▶활동지

수업 흐름	교수 · 학습 활동	시간 (분)	자료(▶) 및 유의점
	T : 나라면 우리 주변에 있는 것을 어떻게 　　표현할까요? S : 숫자 대신 ㄱㄴㄷ로 표현할 것입니다. 숫자로 　　그림을 만들 것입니다. - 2부 '꼭 한 번 이 그림을 그려 보려고'의 시 읽기 T : 2부 시 11편을 읽어보고, 시에 대한 자신의 　　생각을 한 줄로 적어봅시다. S : 오리 돌멩이 오리가 인상 깊습니다. 주변 장면을 　　재미있게 표현하였기 때문입니다. 1은 나무 2는 　　오리에서 겨울 장면을 숫자로 나타낸 것이 　　인상깊습니다. - 마음 속 시를 골라 적고 어울리는 그림 그리기 T : 마음 속 시를 한 편 골라 적고 어울리는 그림을 　　그려봅시다. 왜 그렇게 표현하였나요? S : 큰 돌멩이 하나 사이에 오리가 두 마리 있으면 　　글 제목과 어울릴 것 같았습니다. 등		
배움 활동 2	〈활동 2〉 나도 시인 - 시 바꾸어보기 - 눈 앞에 보이는 것으로 시 바꾸어보기 T : 시인은 무엇을 보고 있었을까요? S : 나뭇가지와 새, 얼어있는 연못을 보았을 것 　　같습니다. T : 여러분은 계절에 따라 무엇을 볼 수 있나요? S : 봄에는 봄꽃과 연두색 잎, 여름에는 매미, 　　가을에는 단풍, 겨울에는 얼어있는 하천을 볼 수 　　있습니다. T : 매달 그 달에 볼 수 있는 풍경과 계절을 느끼면서 　　보이는 것을 시로 담아 적어봅시다. S : 1월 눈이 펑펑, 2월 서서히 봄이 오고, 3월 　　따스한 벚꽃, 4월 잔디가 사브락(사부작)거린다. T : 같은 계절과 풍경을 떠올린 학생들의 시가 다른 　　까닭은 무엇인가요? S : 서로 좋아하는 풍경이나 기억에 남는 장면이 　　다르기 때문입니다.	30분	▶활동지, 색연필, 실물화상기 (휴대폰 미러링) -그림을 잘 그리는 것보다는 시 내용에 대한 이해를 바탕으로 자신의 생각을 표현하는 것에 집중한다.

수업 흐름	교수 · 학습 활동	시간 (분)	자료(▶) 및 유의점
배움 활동 3	〈활동 3〉 나만의 방법으로 숫자 만들기 - 나만의 방법으로 숫자를 그림으로 만들어보기 　T : 작가의 마음을 빌려와 작가처럼 숫자를 그림으로 　　　표현해봅시다. 　S : 0을 주먹밥, 1을 젓가락, 2를 포크 등으로 　　　표현해보았습니다. 0을 물고기, 1을 나무, 2를 　　　오리, 3을 구름으로 표현했습니다. 　T : 그렇게 표현한 까닭은 무엇입니까? 　S : 밥을 먹을 때가 가장 즐겁기 때문입니다, 　　　탄천에서 본 풍경이 떠올라 숫자로 　　　바꿔보았습니다 등 　T : 시인이 되어 그 장면을 낭송하듯 이야기해봅시다. 　　　친구의 낭송을 듣고 내 표현과 같은 점과 다른 　　　점을 이야기해봅시다. 　S : 친구와 상상한 장면도 다르고, 서로 다른 숫자로 　　　표현했습니다. 　T : 이 중에서 더 나은 표현이나 그렇지 않은 표현을 　　　고를 수 있을까요? 한 가지 표현만 정답이 　　　될까요? 　S : 시는 한 가지만 정답이 되는 것이 아니라 작가가 　　　이야기한대로 좋은 시가 될 수 있습니다.	14분	▶활동지, 색연필
배움 정리	- **수업 후 배움 정리하기** 　T : 친구들의 시 또는 활동에 대해 인상 깊은 점과 　　　칭찬할 점, 느낀 점을 나누어 봅시다. - **다음 차시 소개** 　T : 다음 시간에는 자신이 원하는 것이 무엇인지 　　　생각해보며 시를 읽고 시의 일부를 바꾸어 　　　써보겠습니다. 자신이 이루고 싶은 것을 　　　생각해봅시다.	6분	

내가 좋아하는 말

✎ 내가 좋아하는 말을 떠올려보고 시 '조금'을 바꾸어 적어봅시다.

원래 시	내가 지은 시
조금	**( )**
이안 시	_____ 시
나는 네 말 중에	나는 네 말 중에
조금이 좋아	( )이 좋아
조금 아픈데 괜찮아	( ) 괜찮아
조금 많이 화가 나	( )
말 앞에 꼭	말 앞에 꼭
붙여 말하는 버릇	붙여 말하는 버릇
마음이 짭쪼름해지는	마음이 ( )해지는
소금 같은 말	( ) 같은 말
나는 지금	나는 지금
소금 같은 네가	( ) 같은 네가
조금 그리워	( )
소금 같은 네가 없어서	( ) 같은 네가 없어서
나는 조금 심심해	나는 ( )

- 170 -

겨울이 되니 보이는 것

✎ 겨울이 되니 비로소 보이는 것을 떠올리며 나만의 '겨울' 시를
  만들어봅시다.

원래 시	내가 지은 시
겨울 이안 시 여름에는 잘 안보이다가 겨울 되니 보인다 사람 가까이 먹이 찾아 왔다 갔다 하는 비둘비둘 비둘기 자꾸자꾸 빨간 맨발	**겨울** _____ 시 여름에는 잘 안보이다가 겨울 되니 보인다 _____ _____ _____ _____ _____ _____ _____

겨울이 되니 보이는 것

✎ 모둠에서 각자 지은 '겨울' 시 중에서 한 편을 뽑아 동시극을 만들어 봅시다.

배경	시간 :		공간 :
준비물			
등장 인물	등장 인물	맡은 학생	인물의 성격이나 특징

✎모둠의 동시극 발표를 감상한 후 수업을 통해 알게 된 점을 정리해 봅시다.

활동에서 배운 점	
느낀 점, 생각	
더 알고 싶은 점이나 실천할 수 있는 점	

프로젝트 지도 계획

3학년 2학기 국어 (나)의 독서 단원 및 9단원 작품 속 인물이 되어
단원을 음악, 미술과와 연계하여 수업을 재구성하였다.

주제	동시로 시작하는 문해력 싹 틔우기 프로젝트		기간	11-12월
교과 및 단원	국어	독서단원: 책을 읽고 생각을 나누어요	차시	21차시
		9. 작품 속 인물이 되어		
	음악	작은 음악회		
성취 기준 (국어)	듣기· 말하기	[4국01-04] 적절한 표정, 몸짓, 말투로 말한다.		
	읽기	[4국-2-03] 글에서 낱말의 의미나 생략된 내용을 짐작한다.		
	문학	[4국05-04] 작품을 듣거나 읽거나 보고 떠오른 느낌과 생각을 다양하게 표현한다.		
	쓰기	[4국03-05] 쓰기에 자신감을 갖고 자신의 글을 적극적으로 나누는 태도를 지닌다.		
성취 기준 (음악)	표현	[4음01-05] 주변의 소리를 탐색하여 다양한 방법으로 표현한다.		
	생활화	[4음03-01] 음악을 활용하여 가정, 학교, 사회 등의 행사에 참여하고 느낌을 발표현다.		
역량	창의적사고역량, 자기관리역량, 지식정보처리역량, 심미적감성역량			

교과	차시	주제	학습활동	비고
국어	1	시인이 되어	• 표지와 제목을 보고 제목의 의미 생각하고 확인하기 • 작가의 말을 바탕으로 시인의 마음 이해하고 프로젝트 준비하기	읽기 전 (표지 및 차례, 작가의 말)
	2-3	우리 이 말 기르자	• 1부 시 함께 읽고 생각 나누기 • 내가 좋아하는 말을 생각하고, ○○이 좋아 / ○○같은 말 시 바꾸어보기	1부 (14~32쪽)
국어	4-5	꼭 한 번 이 그림을 그려보려고	• 2부 시 함께 읽고 내 마음 속 시 골라 표현하기 • 주변 풍경을 보고 시 소재 찾아 감각적으로 표현하기 • 그림으로 숫자를 표현해 달력 만들기	2부 (34~56쪽)

교과	차시	주제	학습활동	비고
국어	6-7	내 귤은 달라	• 3부 시 함께 읽고 생각 나누기 • 마음 속 시를 골라 시화로 표현하기 • 내가 원하는 것을 생각해 이야기 나누기 • 나의 주문을 담아 '주문이 많은 기도' 새로 쓰기 • 내가 소원을 들어주는 존재가 되었다 생각하며 친구의 소원에 답해보기	3부 (57~77쪽)
국어	8-9	이렇게 노란 세상은 처음이야	• 4부 시 함께 읽고 마음 속 시 한 편 골라보기 • 겨울이 되어 보이는 풍경이나 소재 이야기 나누기 • 나의 경험을 담아 '겨울' 시 만들기	4부 (80~106쪽)
국어	10-11	우리는 시인	• 동시극으로 만들 시 선정하기 • 모둠원에게 자신이 만든 시 소개하기 • 우리 모둠의 시 한 편 선정하기 • 시에서 나타나는 인물, 사건, 배경 정리 • 우리 모둠이 표현하고자 하는 모습에 대해 이야기 나누고 계획 수립하기	
음악	12-13	작곡가가 되어 (1)	• 동시극에 어울리는 음악 만들기 • 시에 음률이 더해지면 노래가 된다는 것을 이해하고, 음악적으로 시 낭송하기 • 시에 어울리는 악기 및 장르 선정하기	전체 (문화예술 창작 프로젝트)
음악	14-15	작곡가가 되어 (2)	• 크롬뮤직랩과 워크밴드를 활용해 모둠별 창작 음악 만들기 (어려운 경우 기존 배경음악과 타입비트 활용하기) • 장면에 어울리는 효과음과 배경음악 넣기	
미술	16-17	무대를 꾸며요	• 우리 모둠의 동시극 장면 만들기 • 동시극에 어울리는 배경 계획해 꾸미기 • 우리 모둠의 작품 앨범 표지 만들기	
국어	18-19	우리 반 동시극 발표회	• 모둠별로 우리 모둠의 동시극 발표하기 • 심사위원이 되어 다른 모둠의 동시극에 대한 감상 나누기	
국어	20-21	시 전시회	• 자신이 만든 시와 표지 그림, 심사평 정리하기 • 다른 친구의 동시극을 우리가 바꾸어 표현한다면?	

본 프로젝트는 3학년 2학기 국어과 및 음악과 성취기준을 분석하여 평가를 계획하여 실시하였다. 온 책 읽기 수업과 문화예술 창작 프로젝트를 연결하여 음악극 제작 발표 및 시 전시회에서 학생이 제작한 활동 과정을 함께 평가한다. 이중 국어과 평가계획은 다음과 같다.

단원	영역	평가 내용	성취기준	평가 방법
독서단원: 책을 읽고 생각을 나누어요	읽기	시를 읽고 시에 나타난 의미와 숨겨진 내용 찾기	[4국-2-03] 글에서 낱말의 의미나 생략된 내용을 짐작한다.	포트폴리오 자기평가
	문학	시를 읽고 느낌과 생각을 나타내 나만의 시 만들기	[4국05-04] 작품을 듣거나 읽거나 보고 떠오른 느낌과 생각을 다양하게 표현한다.	
9. 작품 속 인물이 되어	듣기·말하기	시에 어울리는 표정, 몸짓, 말투로 동시극 발표하기	[4국01-04] 적절한 표정, 몸짓, 말투로 말한다.	관찰평가 동료평가

06_그림책 활용 저학년 문해력 기르기

'나 너 우리 반 그림책 만들기'

올해 2학년 친구들과 함께 학교생활을 하고 있다. 우리 반은 도서관 바로 옆 교실이라 아이들은 하루에도 몇 번씩 도서관에 가서 책을 빌려 읽곤 한다. 쉬는 시간마다 도서관에서 가서 책을 읽고 오는 아이도 있다. 아이들은 2학년이 되어서 독서기록장에 몇 권의 책을 기록하였는지 자랑하기도 한다. 요즘 아이들은 책을 별로 안 좋아한다는데 그래도 이렇게 열심히 읽는 친구들이 많구나, 다행이라고 생각했다.

하루는 도서관에 책을 반납하러 가는 아이에게 "이 책은 무슨 이야기야?"하고 가볍게 물었다. 그러자 아이는 곤란한 듯한 표정을 지으며 우물쭈물 제대로 대답을 못 한다. 너를 곤경에 빠뜨리려고 한 질문이 아닌데, 오히려 내가 당황스러웠다. 다른 친구들도 비슷한 처지였다. 인상 깊은 장면이 무엇이었는지, 이야기의 핵심이 무엇인지 물으면 분명 다 읽은 책임에도 답을 하기 어려워했다. 아, 아무도 잘못한 사람은 없는데 괜스레 몰려오는 배신감과 허탈함이란.

흔히 다독은 독서에서 최고의 덕목인 양 여겨진다. 물론 책을 읽는 습관을 기르고 생활화하는 면에서 의미가 없는 건 아니다. 그러나 생각보다 많은 아이들이 책의 주제나 의미를 이해하지 못하고 책장만 넘기는 독서를 하고 있다. 글을 읽고 이해하는 능력인 문해력이 자라나지 못한 결과이다.

문해력이 없는 상태에서 다독은 큰 의미가 없다. 단순히 글자를 읽어내는 독서가 아니라, 의미를 읽는 독서 훈련이 앞서야 한다. 책을 읽은 후에 생각을 정리하고 다양한 방법으로 표현하고 공유하는 활동이 필요하다.

문해력을 기르기 위해 우리 반에서는 그림책 한 권을 정하여 함께 읽고 이를 모방하여 우리 반 그림책을 만든다. 천천히 읽고 책이 하는 말, 내가 하고 싶은 말을 정리한다. 내가 그림책 작가라면 하고 싶은 이야기를 표현하여 책을 만든다. 나만의 표현으로 책을 만들었다는 것은 이 책을 온전히 이해했다는 것을 말해줄 수 있다.

우리 반 그림책 만들기 수업의 흐름은 아래와 같다.

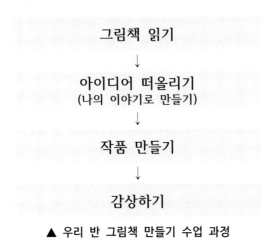

그림책 읽기

↓

아이디어 떠올리기
(나의 이야기로 만들기)

↓

작품 만들기

↓

감상하기

▲ 우리 반 그림책 만들기 수업 과정

책은 보통 교사가 읽어준다. 교실 앞에 널따란 천을 펴고 돗자리 삼아 바닥에 모여 앉아 읽기도 하고, 실물화상기나 미리 사진을 촬영하여 보여주며 읽기도 한다. 가까이 모여 앉아 읽을 때는 실물 책을 볼 수 있다는 장점이 있다. 작가가 표현한 색감이나 질감, 구성이나 형태에서 오는 재미를 온전히 느낄 수 있다. 카메라에 담은 책을 텔레비전 화면으로 볼 때는 책을 크게 볼 수 있다는 점이 좋다. 상황에 따라, 책에 따라 선택을 달리 하는 편이다.

책을 읽은 뒤에는 작가가 말하고자 하는 이야기의 핵심을 파악한다. 혼자 읽을 때는 그냥 지나칠 수 있는 그림을 다시 살펴본다. 그림책은 그림 속에도 답이 숨겨져 있어 찬찬히 살펴보는 것이 큰 도움이 된다. 교사의 적절한 발문은 아이들이 생각을 열 수 있도록 돕는다. 학생들 사이의 대화를 통해서도 책에 대하여 더 깊게 이해하고 생각을 정리할 수 있다.

내가 작가가 되어 하고 싶은 이야기를 그림과 글로 표현하여 그림책의 한 장면을 꾸민다. 작가가 하고 싶었던 이야기를 바탕으로, '내가 작가라면 어떤 이야기를 할까?' 떠올려 본다. 내 이야기로 만들 때는 혼자서 책을 다시 읽는 시간을 갖기도 한다. 나의 이야기를 만들기 위해 책을 더 유심히, 여러 번 읽게 된다. 작가의 의도를 제대로 파악하지 못한다면 내 이야기를 펼쳐내기도 어렵다. 책의 의미를 온전히 나의 것으로 만들어 표현하는 과정이다. 여기에서 아이들의 문해력이 크게 성장한다.

나의 이야기를 표현할 아이디어를 충분히 떠올렸으면 작품으로 표현한다. 책의 구성을 모방하되, 그림만으로 이야기를 설명할 수 있어야 한다는 것을 안내한다. 우리가 목표하는 바는 내가 하고 싶은 말을 글과 그림으로 표현해내는 것이라는 점도. 그림을 못 그리는 건 큰 문제가 되지 않는다는 말이다.

 모든 학생이 작품을 완성하면 교사가 하나로 모아 책으로 만든다. 책으로 엮어내면 개별 활동지로 남는 것보다 더 의미 있게 여겨진다. 아이들은 뿌듯함을 느끼고, 이어지는 활동에 흥미를 느끼며 적극적으로 참여한다. 원작과 우리 반 그림책은 칠판 위나 학급 문고에 두고 누구든 자유롭게 읽을 수 있게 한다. 친구들의 이야기가 궁금한 만큼 원작도 여러 번 들썩이게 되고 또 새로운 나의 이야기가 떠오르기도 한다.

첫째 시간, 그림책 『이 색 다 바나나』

#다양성 #고정관념 탈피

글 제이슨 풀포드
그림 타마라 숍신
출간 2022
펴낸 곳 봄볕

3월 첫 주는 학급 세우기 활동으로 수업이 채워진다. 한 해 동안 함께 생활하며 지켜야 할 약속에 대하여 하루에 한 가지씩 이야기 나누며 한 주를 보낸다. 그중 서로 다름을 존중하자는 약속이 아이들 마음에 콕 박혔던 모양이다. 우리 반에 어울리는 이름 짓기에 '27색 크레용'이 선정되었다. 27명의 서로 다른 색을 내는 친구들이 모여있다는 의미이다. 우리 반 이름과 잘 어울리는 「이 색 다 바나나」를 읽어주었다.

수업 계획

동기유발	• 과일 맞히기 놀이
그림책 읽기	• <활동1> 그림책 읽기
생각 나누기와 표현하기	• <활동2> 나의 색깔 떠올리기
	• <활동3> 작품 만들기
정리 및 확인하기	• <배움 정리> 작품 감상하기

문해력을 높이는 수업 실천

〈동기유발〉 과일 맞히기 놀이

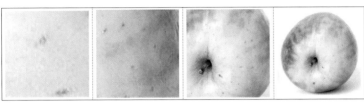

<그림 1) 과일 맞히기 놀이(출처: 위키백과)>

과일 맞히기 놀이는 부분만 확대한 과일 사진을 보고 과일 이름을 맞히는 놀이이다. 아주 작은 부분부터 점차 과일 전체의 모습을 보여준다. 과일의 형태보다는 색을 보고 어떤 과일인지 판단해야 한다. 이때 과일은 의도적으로 고정관념에 반하여 일부분만 보고는 맞히기 어려운 것으로 보여준다. 노란 사과라든지, 빨간 바나나라든지. 놀이를 마치며 추가로 한 화면에 다양한 색의 사과를 보여준다. 초록 사과, 빨간 사과, 노란 사과, 빨간색과 연두색이 섞인 사과.

"당연히 사과는 빨갛고 바나나는 노랗다고 생각했는데, 사실 우리가 먹는 사과는 다 빨갛고 바나나는 다 노란 건 아니었어. 그렇지?"

-맞아요. 전에 제가 먹었던 사과는 금빛이었어요.

"사과도 바나나도 여러 색을 띠지. 수업 시작에 과일 이야기를 한 건 오늘 읽을 책 제목이랑 관련이 있어. 우리 반 이름이랑 딱 어울려서 함께 읽어보고 싶어."

〈활동1〉 그림책 읽기

책에 나오는 여러 가지 대상에 대한 각자의 경험을 나누면서 책을 읽는다. 장미 축제에 가서 봤던 노란 장미꽃, 캠핑하며 보았던 초록빛 불, 붉은 구름을 봤던 이야기. 책을 한 장한 장 넘길 때마다 '당연히 장미는 붉은색이지, 당연히 구름은 흰색이지'했던 고정관념이 깨진다. 책 밖의 경험까지 버무려지며 이 책이 전하고자 하는 의미를 온전히 받아들인다.

"이 책에 나온 색깔 말고도 우리가 당연한 줄 알았지만 당연하지 않은 것들이 있을까?"

고정관념을 탈피하고 생각을 확장해 보자. 우리가 당연하다고 생각하지만 당연하지 않은 것들은 또 무엇이 있을지 떠올려 볼 수 있다.

〈활동2〉 나의 색깔 떠올리기

<활동1>에서 이야기 나누었던 당연하지 않은 것을 그림책소재로 삼아도 좋겠다. 하지만 그림책 만들기 첫 시간인 까닭에 조금 더 가볍고 가까운 '나'를 주제로 삼는다. 먼저 나를 표현할 수 있는 색을 떠올린다. 나만의 색깔은 무엇일까? 여기에서 '색'이라고 하는 것은 단순히 눈에 보이는 빛깔을 넘어서 특색이나 개성 등을 말한다.

"내 이름을 딴 색이 있다면 어떤 빛깔일까? '수현색', '지원

색'이 있다면 어떤 색깔일지 생각해보자."

배움 공책을 펼쳐 채색 도구로 나만의 색을 만든다. 좋아하는 색, 잘 어울리는 색, 복잡하게 생각하지 않고 그저 마음이 가는 대로 색칠한다. 내가 만든 색에 대하여 짧은 설명도 적는다. 색을 칠할 때는 특별한 생각이 없었더라도 '그냥'이라는 건 없으니까, 설명을 쓰면 생각이 정리된다.

아이들이 만든 색을 보면 하나하나 색깔도, 색칠한 모양도, 색에 대한 설명도 모두 제각각이다. 이렇게 다양한 친구들이 한 교실에 모여있다니!

"정말 27가지 서로 다른 색이 모여있네. 나의 색을 좀 더 자세히 설명해 줄 수 있을까? **색은 무엇을 좋아해? 무엇을 할 때 즐거워? 나의 색을 설명하는 단어를 써 보자."

좋아하는 것, 잘하는 것, 자주 하는 일, 나의 모습, 특징 등을 떠올려 배움 공책에 적는다. 특별한 제한 없이 최대한 다양하게 많은 정보를 쓸 수 있도록 한다.

〈활동3〉 작품 만들기

다른 사람은 나를 보면 '당연히 ~이지'하고 생각할 수 있지만, 이런 고정관념을 깨고 내가 말하는 나의 색깔을 소개한다. 내 고유의 색을 담아 그림책의 한 장면을 꾸민다. 생각 지도에 떠올린 것 중에서 내가 표현하고 싶은 것을 골라 그림(아이콘)으로 그린다. 필요하면 설명도 함께 적을 수 있다.

이때 저학년은 그림책 형태를 기초로 한 활동지를, 고학년은 백지를 제공한다. 저학년은 예시 작품과 정해진 활동지를 주면 표현하기 더 쉽다. 고학년은 형태를 고정하기보다 흰 종이를 주었을 때 창의적인 아이디어를 더욱 발산할 수 있다.

활동을 빨리 마치는 학생은 표현 대상을 나에서 우리 반으로 확장하여 작품을 한 장 더 만들도록 하고, 이것을 표지로 활용한다.

▲ 「이 색 다 바나나」 학생 작품

「활동지」

ㅎ　ㅋ　ㅠ

※ 왼쪽 빗금은 제본 여백

둘째 시간, 그림책 『민들레는 민들레』

#자아존중 #나다움
....
글 김장성
그림 오현경
출간 2014
펴낸 곳 이야기꽃

민들레가 피는 계절에 읽는다. 주변에서 쉽게 볼 수 있는 민들레를 굽어보며 함께 이야기를 나눈다.

당연히 민들레는 민들레다. 나는 나인데 내가 나답지 않게 느껴질 때 힘을 주는, 봄날처럼 따뜻한 책이다.

수업 계획

동기유발	• 민들레를 본 경험 나누기
그림책 읽기	• <활동1> 그림책 읽기
생각 나누기와 표현하기	• <활동2> 민들레 되기
	• <활동3> 작품 만들기
정리 및 확인하기	• <배움 정리> 작품 감상하기

문해력을 높이는 수업 실천

〈동기유발〉 경험 나누기

"민들레를 본 적 있나요?"

-학교 오는 길에 봤어요.

-운동장에서 봤어요.

학교 주변이나 운동장을 함께 산책하며 민들레를 찾아보아도 좋고, 사진을 찍어 보여주어도 좋다. 민들레를 봤던 경험을 나누고 오늘 읽을 책을 소개한다.

말장난 같이도 들리는 책 제목 덕에 아이들의 관심이 집중된다.

-선생님, 민들레는 그냥 민들레 아니에요?

"민들레가 장미일 때도 있나? 민들레는 민들레지. 작가님이 제목을 이렇게 지은 이유가 뭘까? 얼른 읽어보자."

〈활동1〉 그림책 읽기

'민들레는 민들레'라는 말이 반복되어 이야기 중반부터는 다음에 나올 말을 미리 알고 아이들이 함께 읽기도 한다.

앞면지에는 민들레 그림이, 뒷면지에는 아이들 얼굴이 있다. 책을 다 읽고 뒷면지를 볼 때 아이들에게 질문을 한다.

"제일 앞에는 어떤 그림이 있었는지 생각나니?"

-아이들 얼굴이 있었어요.

"맞아. 아이들이 민들레가 되었네?"

그리고 아이들 이름을 하나씩 넣어 다시 읽어준다.

"준석이는 준석이, 혼자 있어도 준석이. 서은이는 서은이. 놀이터에 있어도 서은이는 서은이"

〈활동2〉 민들레 되기

민들레가 아이들이 된 것처럼, 우리도 민들레가 되어보자. 편안한 분위기의 배경음악을 틀어두고 민들레 홀씨처럼 자유롭게 교실을 날아다닌다. 빙글빙글 돌기도 하고 바람이 불어 폴짝 뛰어오르기도 한다. 하늘을 날던 민들레 홀씨가 땅에 앉는 것처럼 편한 장소로 가서 편한 자세로 정지한다. 모든 학생이 정지하면, 교사는 한 학생에게 다가가서 어깨를 가볍게 톡 친다. 그리고 민들레 대신 학생의 이름을 넣어 불러준다. 그럼 학생은 내 모습을 설명하는 답을 한다.

"○○이는 ○○이"

- 웅크려 있어도 ○○이

"☆☆이는 ☆☆이"

- 책상 아래 있어도 ☆☆이

활동을 마치고 자리로 돌아와서는 배움 공책에 '나'라는 민들레를 탐구한다. 어디에 있어도 나는 나지만, 내가 나답게 느껴지지 않을 때가 있는지 생각해본다. 나의 걱정은 무엇인지, 나에게 바라는 것이나 바꾸고 싶은 점을 적는다. 어디에 있더라도 무슨 생각을 해도, 어떤 행동을 해도 너는 너야, 너라는 존재로 괜찮아, 하고 말해준다.

〈활동3〉 작품 만들기

배움 공책에 적은 내용 중에 하나를 골라 작품으로 만든다.

○○이는 ○○이 (무엇을) 해도 ○○이

☆☆이는 ☆☆이 (어디에) 있어도 ☆☆이

활동지 없이 흰 도화지를 나누어주었다. 종이를 반으로 나누어 한쪽에는 그림을 나머지 한쪽에는 글을 쓴다. 미리 제본 여백을 확인하고 이 부분은 글도 그림도 보이지 않는다는 것을 안내한다.

▲「민들레는 민들레」학생 작품

셋째 시간, 그림책 '다다다 다른 별 학교'

#자기이해 #다름

· ·

글 윤진현
그림 윤진현
발행 2018
출판 천 개의 바람

서로 다른 별에서 온 친구들이 우리 반에 모였다.
너는 어느 별에서 왔니?

수업 계획

동기 유발	· 표지 살펴보기
그림책 읽기	· <활동1> 그림책 읽기
생각 나누기와 표현하기	· <활동2> 별별 퀴즈
	· <활동3> 작품 만들기
정리 및 확인하기	· <배움정리> 작품 감상하기

문해력을 높이는 수업 실천 ──────────

〈동기유발〉 표지 살펴보기

표지에서부터 그림이 톡톡 튀어 아이들의 궁금증이 폭발한다. 표지를 자세히 보고 무엇이 보이는지 이야기를 나눈다.

- 화산이 폭발하고 있어요.
- 물방울에 사람이 갇혔어요.
- 쟤는 상자 안에 사나 봐요.

별의 모습이 그려진 동그라미를 모둠별로 하나씩 인쇄하여 나누어주고 질문을 만든다.

- 천막 안에는 무엇이 있을까?
- 이 친구는 상자 집에 살고 있나?
- 이 친구는 투명 인간일까?

다른 모둠이 만든 질문을 보고 답변을 생각해보거나 새로운 질문을 만들어내기도 한다. 표지를 가지고 충분히 이야기를 나누며, 책에 대한 궁금증을 키우고 상상력이 풍부해진다.

〈활동1〉 그림책 읽기

앞면지에는 여러 별에서 온 인물이 모여있다. 책을 한 장한 장 넘기며 앞면지에서 봤던 인물과 만난다. 아이들은 책속 인물을 이미 표지와 앞면지에서 보았기 때문에 좀 더 친숙하게 이야기에 다가갈 수 있다. 또 다음 장에 나오는 인물은 어떤 별에서 왔을지 추측하며 책에 빠져든다.

이 책은 특히 책장을 천천히 넘기며 읽는다. 화면에는 다른 별 이야기가 구석구석까지 가득 차 있다. 작게 숨어 있는 그림에서도 아이들은 재미를 찾고, 이것들이 책을 더 깊게 이해하는 데 도움이 된다. 그림을 감상하고 발견한 내용으로 이야기 나눌 시간을 충분히 갖는다. 또 내가 살고 싶은 별이나 여행 가 보고 싶은 별이 있는지, 내가 이 별에 산다면 어떨지 생각할 수 있도록 중간중간 교사 발문을 더한다.

〈활동2〉 별별 퀴즈

책에 나왔던 별 이름을 맞추는 놀이를 한다. 별에 대한 설명을 듣고 아이들은 그 별의 이름을 맞춘다. 예를 들어, '키가 작은 나는 ○○○별에서 왔어'가 문제라고 하면 아이들은 '작아도'를 정답으로 적는다. 그러나 이 퀴즈에서 핵심은 책 내용을 잘 기억하여 정답을 맞히는 것이 아니다. 여기에서 우리의 목표는 별의 특징과 이름의 연결성을 이해하는 것이다. 아이들은 책에 나온 별 이름을 기억하여 답을 쓸 수도 있지만, 꼭 책에 나온 대로 적는 것이 아니라 별에 대한 설명과 잘 어울리는 이름을 새롭게 지어볼 수 있다. 이 과정에서 같은 의미를 다양한 말로 표현해보기도 하고 재미있는 아이디어를 떠올려 이름을 지을 수도 있다. 퀴즈를 시작하기 전 아이들에게도 이 점을 꼭 안내하도록 한다.

〈활동3〉 작품 만들기

책을 충분히 이해했다면, 다음은 이야기와 나를 연결하는 활동이다. '다다다 다른 별'에 사는 우리는 어느 별에서 왔을지 상상한다. 내가 온 별 이름을 새롭게 짓고, 그 별의 특징을 적는다. 별에서의 내 모습을 그림으로 표현하고 별에 대한 소개를 적어 그림책의 한 장면을 꾸민다. 저학년의 경우 별 이름을 짓기 어려워하기도 한다. 우리 반 친구 별별 퀴즈를 하여 친구들의 도움을 받아 이름을 지을 수도 있다.

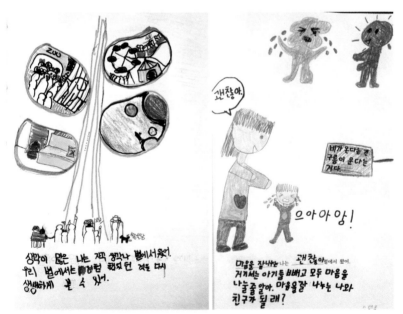

▲ 「다다다 다른 별 학교」 학생 작품

넷째 시간, 그림책 '움직이는 ㄱㄴㄷ'

#한글 #낱말 #말놀이
....
글 이수지
그림 이수지
발행 2011
출판 길벗어린이

한글을 배우기 시작하는 저학년 수업에서 활용하기 좋다. 같은 자음자로 시작하는 낱말을 떠올려 보고 말의 모양과 의미를 함께 생각할 수 있다. 다른 시리즈도 있지만 문장 성분에 대해서 생각해 볼 수 있겠다 싶어 이 책을 골랐다.

수업 계획

동기유발	• 첫 글자가 같은 말놀이
그림책 읽기	• <활동1> 그림책 읽기
생각 나누기와 표현하기	• <활동2> 움직이는 말 찾기 놀이
	• <활동3> 작품 만들기
정리 및 확인하기	• <배움 정리> 작품 감상하기

문해력을 높이는 수업 실천

〈동기유발〉 첫 글자가 같은 말놀이

저학년 말놀이 단원과 연계하여 수업한다. 아이들은 말놀이를 통해 언어에 대해 흥미와 관심을 높이고 어휘력을 기른다. 말놀이는 문해력의 기초를 쌓는 데에 큰 도움이 되는 활동이다. 다양한 말놀이가 있지만 초성이 같은 낱말을 찾는 오늘 활동과 유기성을 더하기 위하여 첫 글자가 같은 말놀이를 한다.

〈활동1〉 그림책 읽기

이 책은 ㄱ부터 ㅎ까지 자음 순서대로 면을 구성한다. 한 면은 낱말이 적혀있고 한 면은 그 낱말을 설명하는 그림이 그려져 있다. 낱말은 가리고 그림만 먼저 보여준다. 퀴즈를 푸는 것처럼 그림을 보고 낱말을 맞추어 보는 식으로 책을 본다. 해당 자음으로 시작하는 낱말, 그림에 어울리는 낱말은 무엇일지 떠올려 보며 아이들은 수많은 낱말을 쏟아낸다.

〈활동2〉 움직이는 말 찾기 놀이

책에서 본 낱말은 무엇이 있는지 생각하여 정리하는 시간을 갖는다. 개별적으로 배움 공책에 또는 모둠별로 모둠 칠판에 기억나는 낱말을 적으며 정리한다.

"이 말들은 비슷한 점이 있어. 어떤 점이 비슷할까?"

-제일 뒤 말이 '다'예요.

"맞아. 모두 제일 뒷말은 '다'야. 움직이는 말은 모두 '다'로 끝나. 책에 나온 말들 말고 또 어떤 움직이는 말이 있을까?

저학년 아이들이 직관적으로 움직이는 말을 이해할 수 있도록 '다'로 끝난다는 공통점을 찾는다. 그러나 단순히 형태에만 집중하는 것이 아니라 의미도 생각해야 한다. 움직이는 말은 '다'로 끝난다는 것에만 집중하여 '바다'도 움직이는 말인지 묻는 학생이 있었다. 움직인다는 것은 어떤 의미인지 이야기 나누고 몇 가지 예를 함께 찾아본다. 이를 비교하여 움직이는 말은 변화가 있거나 행동한다는 의미가 있다는 것을 이해할 수 있었다.

움직이는 말을 다양하게 떠올리도록 움직이는 말 찾기 놀이를 한다. 초성을 하나 정하고 주어진 시간 동안 모둠 칠판에 움직이는 말을 최대한 많이 생각해 적는다. 시간이 다 되면 모둠이 차례대로 칠판에 적은 낱말을 하나씩 발표한다. 같은 초성으로 시작하는 낱말과 움직이는 말에 대하여 충분히 이해하고 많은 낱말을 떠올려 보도록 놀이를 여러 차례 반복한다.

〈활동3〉 작품 만들기

앞선 활동에서 찾은 움직이는 말 중 하나를 골라 작품을 만든다. 책의 구성과 같이 종이의 반은 그림을 그리고, 반은 낱말을 쓴다. 그림을 그릴 때 생각할 점은 자음자와 낱말의 의미가 서로 관련되도록 그리는 것이다. 움직이는 말에는 무엇이 있는지, 그 낱말의 의미는 무엇인지 이해해야 하는 활동이다. 모둠활동을 통해 충분히 달구어진 덕에, 원작에는 없는 된소리를 표현한 친구도 있었다.

▲「움직이는 ㄱㄴㄷ」학생 작품

다섯째 시간, 그림책 '고구마구마'

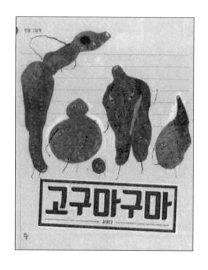

#말놀이 #언어유희

글 사이다
그림 사이다
발행 2017
출판 반달

울퉁불퉁한 고구마, 길쭉한 고구마
고구마 나누어 먹으며 읽으면 더 재미있구마!

수업 계획

동기 유발	• 경험 나누기
그림책 읽기	• <활동1> 그림책 읽기
생각 나누기와 표현하기	• <활동2> 장점 쪽지 쓰기
	• <활동3> 작품 만들기
정리 및 확인하기	• <배움정리> 작품 감상하기

문해력을 높이는 수업 실천

〈동기유발〉 경험 나누기

먼저 표지에 고구마를 살펴보고 이야기를 나눈다.

"표지에 무엇이 보이나요?"

- 고구마가 있어요.

- 배가 불뚝 나왔어요.

- 저 고구마는 화가 났나 봐요.

표지에 고구마 모습을 살펴보면서 나의 경험과 관련시킨다. 길쭉한 고구마를 먹었던 기억, 팔뚝만 한 고구마를 캤던 일을 떠올린다. 고구마 속은 무슨 색이었는지, 만졌을 때 느낌은 어떠한지, 맛을 봤을 때는 어떤 기억이 있는지 신이 나서 이야기를 나눈다. 고구마에 관련된 경험은 모두 다양해서 충분히 이야기를 나누기 좋다.

〈활동1〉 그림책 읽기

모든 문장은 '구마'로 끝난다. 소리 내어 읽어주면서 그 부분을 살려 읽으면 더 재미있다. 책을 읽고 난 뒤에는 모든 문장의 어미를 '구마'로 바꾸어 말한다.

"이제 다 자리에 앉아야겠구마."

"이 책 참 재미있구마."

어느새 아이들의 말도 '구마체'로 바뀌어 있다.

〈활동2〉 장점 쪽지 쓰기

나를 이해하는 활동은 여러 차례 해보았기 때문에 이번에는 친구를 알아보는 활동으로 전개하였다. 원형 스티커 또는 포스트잇에 친구의 장점을 찾아 전달하는 활동이다. 칭찬하는 방법을 아는 것이 수업의 주목표는 아니지만, 겉모습보다 친구가 노력하는 점을 칭찬하는 것이 더 좋다는 것 먼저 언급하고 시작한다.

원형 스티커나 점착 메모지를 세 장씩 나누어 갖는다. 각각 세 친구의 장점을 찾아 칭찬 쪽지를 적는다. 친구의 모두가 사이좋게 칭찬받는 경험을 나눌 수 있도록 쪽지를 쓸 대상을 정해주었다. 짝꿍이나 모둠 친구, 뒷번호 친구 등 두 장은 정해주고 한 장은 자유롭게 칭찬하고 싶은 친구에게 쓰게 한다. 쪽지를 다 쓰면 친구에게 전달하고 자리로 돌아온다. 친구 몸에 붙여주거나 책상이나 소지품에 붙여준다.

〈활동3〉 작품 만들기

칭찬 쪽지를 바탕으로 나와 짝꿍을 고구마로 표현하여 작품을 만든다. 친구의 특징이나 장점을 고구마로 표현하여 그리고, 친구에 대한 설명을 '~구마'로 쓴다. 먼저 활동을 마친 학생은 또 다른 친구 고구마나 우리 반 고구마를 작품으로 만든다.

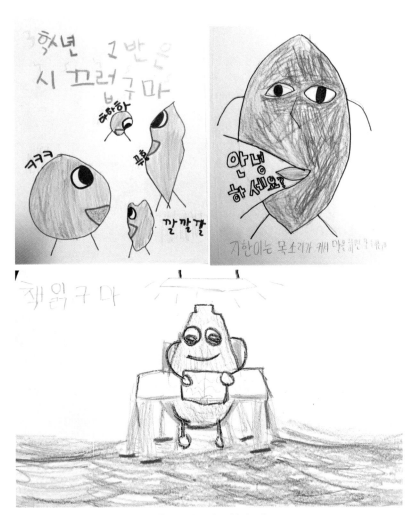

▲ 「고구마구마」 학생 작품

여섯째 시간, 그림책 '내가 책이라면'

#책 #인생
....

글 쥬제 죠르즈 레트리아
그림 안드리 레트리아
발행 2012
출판 국민서관

　　도서관에 가득 꽂혀있는 책과 만난 뒤, 학급에서 함께 책을 충분히 읽은 학기 말, 책과 어느 정도 가까워졌다는 생각이 들 때 읽는다.

　　내가 책이라면, 어떤 책이 되고 싶나요?

수업 계획

동기유발	• 기억에 남는 책 이야기
그림책 읽기	• <활동1> 그림책 읽기
생각 나누기와 표현하기	• <활동2> 릴레이 말하기
	• <활동3> 작품 만들기
정리 및 확인하기	• <배움정리> 작품 감상하기

문해력을 높이는 수업 실천 ─────────

〈동기유발〉 기억에 남는 책 이야기

매주 월요일 첫 수업은 선생님이 책을 읽어주는 시간이다. 책을 자주 읽지 않는 학생도 매주 한 권 이상 꾸준하게 책을 접한다. 이 시간이 익숙해지면 아이들은 이번 주에는 어떤 책을 읽을까 궁금해하고 기대하기도 한다. 매주 같이 읽은 책이 쌓이면 함께 나눌 이야기도 풍부해진다. 이런 점이 좋아서 여러 해 동안 시간을 정해두고 독서 수업을 운영하고 있다.

오늘 읽을 「내가 책이라면」은 책에 대한 작가의 기억이나 생각을 말하고 있다. 이 책을 읽기 전, 책에 대한 아이들의 생각을 미리 꺼내어볼 수 있도록 한다. 좋아하는 책, 인상 깊게 읽은 책이나 추천하고 싶은 책이 무엇인지 그리고 그 까닭은 무엇인지 발표한다.

"우리가 함께 읽은 책이 벌써 30권이 넘었어. 무슨 책을 읽었는지 기억나니?"

"가장 기억에 남는 책은 무엇이니? 왜 그 책이 기억날까?"

- 방귀 뀌는 장면이 재미있어서 기억에 남아요.

- 제가 좋아하는 수영하는 장면이 있어서 기억나요.

책을 좋아하지 않거나 자주 읽지 않는 아이라고 해도, 수업 시간에 함께 읽은 책이 쌓여있으니 이야깃거리가 충분하다.

〈활동1〉 그림책 읽기

모든 장면에 책이 등장한다. 책은 문이 되기도 하고, 성벽이 되기도 한다. 또 책은 꽃이 되기도 하고 계단이 되기도 한다. 책이 표현하고 있는 것이 무엇인지 생각하며 그 의미를 찾으며 읽는다.

큰 유희가 있는 편은 아니며 '내가 책이라면'이라는 말이 계속 반복되어 아이들이 지루해할까 걱정했다. 걱정과 다르게 완벽하게 책의 구절을 기억할 만큼 아이들 마음에 이야기가 잘 닿았나 보다. 자연스럽게 인상 깊었던 부분, 내 생각과 비슷하게 표현한 부분에 대하여 이야기를 나눈다.

〈활동2〉 릴레이 말하기

상상은 나의 경험을 바탕으로 한다. 일어나지 않을 일이기 때문에 표현에 제한이 없다. 솔직한 이야기를 털어놓는 안전한 장치이기도 하다. 또 실천으로 옮길 필요도 없어 어떤 말을 해도 괜찮다. 그래서 상상하는 글은 재미있다.

"내가 책이라면 어떤 책이 되고 싶나요?"

- 선생님, 저는 책이 아니라 사람인데요.

"그래. 우리는 사람이고 책이 될 수 없겠지. 그렇지만 상상해볼까? 이 책에서는 내가 책이라면 어떤 책이 되고 싶다고 말했지?"

아이들이 인상 깊었다고 말한 책 장면을 다시 살펴보며, 왜 이런 표현을 했는지 작가의 의도를 파악한다. 내가 책이라면 어떤 책이 되고 싶은지 릴레이 발표를 통해 책에 대한 내 생각을 말로 표현하도록 한다.

〈활동3〉 작품 만들기

릴레이 발표를 바탕으로 작품을 만든다. 친구의 발표를 듣고 나서 생각이 달라지는 아이들도 있다.

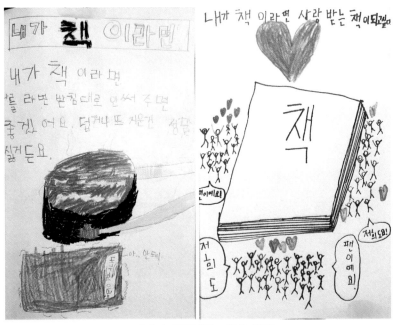

▲ 「내가 책이라면」 학생 작품

일곱째 시간, 여섯 조각 이야기

지금까지는 그림책을 읽고 모방하며 그림책에 익숙해지고 이야기를 창작하는 훈련을 했다. 마지막 시간은 나의 책을 직접 만든다. 이제 독창적이고 하나뿐인 나의 이야기를 들려 줄 시간이다.

여섯 조각 이야기는 M.라하드가 개발한 연극치료 기법이다. 6개 작은 조각 그림을 그려 이야기를 꾸민다. 이를 통해 이야기를 꾸민 사람의 내면을 이해한다.

이 시간에는 치료나 상담의 기법으로 활용하기보다 내 이야기를 꺼내는 방법으로 차용한다. 그림책을 만든다고 하면 덜컥 겁이 나고 부담이 된다. 하지만 이 방식은 복잡한 틀을 조직하여 이야기를 꾸미지 않는다. 기본 구조가 짜여 있어 저학년 학생들도 부담 없이 이야기를 만들 수 있다. 짧은 시간에 여섯 장면을 꾸미며 솔직하게 나의 이야기를 꺼내놓기 쉽다.

수업 계획

동기유발	• 마음 열기
생각 나누기와 표현하기	• <활동1> 여섯 조각 그리기
	• <활동2> 이야기 꾸미기
	• <활동3> 발표하기
정리 및 확인하기	• <배움정리> 소감 나누기

문해력을 높이는 수업 실천

〈동기유발〉 마음 열기

자신의 이야기를 꺼내기 쉽도록 몸과 마음을 준비한다. 경직된 분위기에서는 솔직한 이야기를 꺼내어 놓기 어렵다. 내가 있는 공간, 함께 있는 주변 사람들에 대하여 안정감을 느끼고, 내면의 소리에 집중할 수 있는 환경을 조성한다.

1. 추억 창고

나에게 가장 기억에 남는 장소는 어느 곳인지 떠올린다. 눈을 감고 상상의 나라에서 추억의 장소로 여행을 떠난다. 그곳에서 나는 무엇을 하고 있는지, 그때 나의 기분은 어떠한지 떠올려본다.

2. 조각상 만들기

내가 좋아하는 만화 영화의 인물이 되어본다. 그 인물의 조각상을 만든다면 어떤 동작일지 상상하여 정지 동작을 한다. 교사가 다가가 몸을 가볍게 두드려 조각상을 깨우면, 인물에 어울리는 대사를 한마디 해본다. 깨어난 조각상들은 교실을 돌아다니며 친구들과 인사를 나눈다.

3. 그림 카드로 마음 나누기

모둠별로 그림 카드를 여러 장 펼쳐둔다. 지금 내 마음을 설명할 수 있는 그림 카드를 한 장 고르고 모둠별로 자신이 선택한 카드 소개한다.

〈활동1〉 여섯 조각 그리기

준비할 재료는 도화지 한 장과 색연필이나 크레파스 등의 채색 도구로 간단하다. 도화지 한 장을 조각내어 표현하므로 마음에 부담이 적다. 채색 도구는 연필이나 사인펜 등의 날카로운 것보다 부드러운 느낌의 재료를 사용하여 안정감을 줄 수 있다. 또 연필로 밑그림을 그리지 않고 바로 채색하기 때문에 솔직한 표현에 도움이 된다.

도화지를 여섯 칸으로 나누고 한 조각씩 차례로 그림 그린다. 마음속 이야기를 자연스럽게 꺼내기 위해 하나의 조각을 그리는 시간을 정한다. 길지 않은 시간을 주어야 거리낌 없이 이야기를 풀어낼 수 있다. 6~8분 내외 시간으로 충분히 표현할 내용을 떠올리고 표현해낼 수 있었다. 여섯 조각 그림을 다 그리면 이야기 제목을 짓는다.

① 주인공과 주인공이 사는 곳	② 주인공이 할 일이나 목표	③ 주인공을 돕는 것
④ 주인공을 방해하는 것	⑤ 문제의 해결	⑥ 이야기의 결말

▲ 여섯 조각 그림 그리기

① 주인공은 사람이어도 되고 사람이 아닌 사물이어도 된다. 주인공과 주변 배경까지 그린다.

③ 주인공을 돕는 조력자는 내부나 외부에 있을 수 있다. 인물이 아니라 상황이 될 수도 있다.

⑤ 조력자의 도움을 받아 문제를 해결하는 과정을 그린다. 문제를 해결하지 못하였다면 그것도 괜찮다.

〈활동2〉 이야기 꾸미기

완성된 여섯 조각 그림에 이야기를 덧붙인다. 교사에게 또는 짝꿍에게 각각의 조각을 설명한다. 청자는 이야기를 들으며 궁금한 점을 묻는다. 질문에 대해 답을 하며 이야기가 더 단단해지고 풍부해진다.

말하기로 이야기를 꾸민 다음에는 글로 적는다. 그림책처럼 줄글로 쓰기도 하고 대화로 이야기를 이끌 수도 있다. 보통은 별도의 활동지에 이야기만 적는데, 진짜 그림책처럼 보이도록 그림 위에 글을 이어 적어보았다.

<그림1, 2) 여섯 조각 이야기 예시 작품>

〈활동3〉 발표하기

학급 친구들 앞에서 자신의 이야기를 들려주는 시간이다. 앞선 활동에서는 이야기를 만들고 구상하는 시간이었다면, 이 시간은 완성된 이야기를 발표한다. 이야기를 듣는 역할과 들려주는 역할을 나누고, 서로 번갈아 가며 친구들의 이야기를 듣는다. 작가와의 만남을 몇 번 경험해 본 아이들이기 때문에 작가로서의 태도, 작가와 만난 독자로서의 태도를 갖추는 것도 잊지 않는다.

〈배움 정리〉 소감 나누기

아이들은 자기가 그림책을 만들었다는 것에 무척 뿌듯해하고 자부심을 느낀다. 이야기를 다 완성한 후에도 채색을 더하여 정성스럽게 꾸미기도 하고, 표지를 만들어 붙이기도 하였다. 표지에는 자기 이름 뒤에 작가를 붙여 쓰고 출판사와 바코드 등 제법 책으로 보이는 요소도 추가한다.

처음 그림책 만들기 활동을 시작할 때 겁을 먹었던 모습과 다르게, 자신의 이야기를 표현해내는 능력이 한 걸음 성장했다. 교실 여기저기서 들려오던 "무슨 말인지 모르겠어요."가 사라졌다. "우리가 그림책을 만들 수 있어요?"라며 걱정했던 아이가 집에 가서도 혼자 그림책을 만들어 보겠다며 이야기에 푹 빠진 모습을 보였다.

마지막으로는 숙제를 내주었다. 집에 가서 꼭 가족들에게도 들려주기. 이 재미있는 것을 우리만 보기엔 너무 아까우니까!

우리 반 그림책으로 엮는 방법

전통 제본 법(오침법)과 유사하나, 편의를 위해 6개의 구멍을 뚫어 만들고 있다.

종이(활동지), 표지가 될 두꺼운 종이 2장, 실, 펀치, 집게, 가위, 돗바늘을 준비한다.

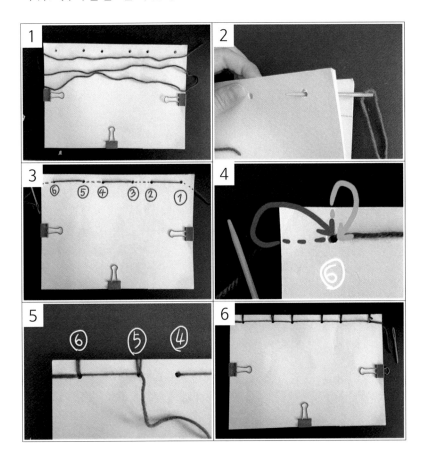

1. 실은 묶을 모서리 3배 길이로 잘라 준비하고 활동지는 비슷한 간격으로 구멍을 6개를 뚫는다. (3공 펀치를 적당한 간격으로 벌려 앞으로 한 번 뒤집어서 한 번 뚫으면 쉽다) 종이는 가지런히 모아 구멍 뚫은 모서리를 제외하고 집게로 고정한다.

2. 종이 두께의 반쯤 되는 곳을 갈라 ①구멍 안에서 밖으로 바늘을 빼낸다.

3. 실 한쪽 끝을 약 5cm 정도 남겨놓고, 바늘로 홈질하듯 구멍을 번갈아 가며 ⑥까지 꿴다.

4. ⑥ 아래에서 나온 바늘을 진행 방향대로 위에서 아래로 끼워 넣고, 수직 방향으로 돌려 위에서 아래로 끼워 넣는다.

5. ⑥ 아래에서 나온 바늘을 ⑤ 아래에서 위로 끼워 넣는다. ⑤ 위에서 나온 바늘을 수직 방향으로 아래에서 위로 끼워 넣기를 2회 반복한다.

6. 같은 방법으로 ①까지 끼워 넣고 책 속지 가운데에서 처음 시작한 실과 만나 묶어준다.

이 방법은 간단한 재료로 책을 만들 수 있다는 점이 좋다. 어떤 크기의 종이를 활용하든 책으로 만들 수 있고, 두께나 부수에 대한 제약도 없다.

파일에 끼우는 것처럼 종이를 추가할 수 있는 것이 아니라서 모두 마친 후에 책을 만든다. 책이 완성되기까지 몇 주를 기다려야 하는 때도 있다. 언제 책이 완성되냐며 교사를 재촉하는 소리가 들린다. 그럴 땐 빈 종이를 한 장 넣어 책을 먼저 만들고, 빈 종이 위에 학생의 활동지를 붙이기도 한다.

'그림책을 활용한 문해력 수업'

요즘 각종 매체에서 문해력이 화두이다. 한 포털 사이트의 검색어로 오른 '사흘'과 '5인 이상 집합 금지'라는 단어가 사람들의 문해력 저하를 반영하는 것이라고 각종 매체에서 열을 올려 보도했다. 코로나로 인해 학력 격차가 화두가 되며 동시에 문해력의 중요성도 거론되었다. EBS에서는 '당신의 문해력'이라는 프로를 기획하여 집중하여 보도하기도 했다. 우리 반에서도 어휘력 부족으로 인해 생각을 잘 표현하지 못하는 학생과 글을 읽고도 이해하지 못하는 학생을 쉽게 만나는데 문해력 관련 잊지 못할 일화가 떠오른다. 학급 행사로 '마니또'를 하기로 했는데 결석해서 그 내용을 잘 모르는 친구가 학급의 다른 친구에게 아래처럼 메시지를 보냈다.

"비밀 친구에게 얼마짜리 선물 사주는 거야?"라고 문자를 보냈는데 질문을 잘못 이해한 친구가 "응, 월, 화, 수, 목, 금이야."라고 답장을 보냈다. 이 문자를 읽은 친구는 '마니또 선물은 월부터~금까지 매일 줘야 되는 것'이라 해석했다. 결국 나는 학부모의 전화를 받았다. 외국인과의 문자 내용이 아니다. 같은 한국인 학급 친구끼리 주고받은 문자 내용이다. 뭐가 문제일까?

고민하지 않을 수 없다. 과연 아이들은 글을 얼마나 이해하는 걸까?

　매일 학생들과 어울려 생활하고 수업하는 교사로서 문해력의 중요성을 실감한다. 자연스럽게 문해력의 사전적 의미를 살펴봤다. 사전적 의미로 '문해력'이란 글을 읽고 이해하는 능력이라고 정의되어있었다. '글을 많이 읽고 이해하도록 지도하면 학생들의 문해력 향상에 도움이 되겠지.'라는 생각이 드는 동시에, '책을 읽지 않는 학생들에게 어떻게 책을 읽게 하지?'라는 걱정이 떠나지 않았다.

　책을 싫어하는 뇌를 가진 3학년 학생들에게 먼저 책이 재미있다는 것을 알려주고 싶었다. 책을 좋아하는 뇌로 만들기 위해서는 매일 조금씩 견디며 활자를 읽도록 훈련해야 한다. 학생들이 쉽게 글자에 집중할 수 있도록 글밥이 적은 그림책부터 읽기 시작했다. 아예 일 년 열두 달에 어울리는 작품을 미리 골라 아이들과 읽어야겠다는 생각으로 학급 운영 계획을 세웠다. '문해력과 학급 경영 두 마리 토끼를 잡아라!' 프로젝트의 시작이다.

'프로젝트 준비'

주간학습 안내 수업 안내하기

그림책 수업을 하기 위해서 주간학습 안내에 수업 관련한 예고를 자세히 한다. 아이들이 그림책에 관심을 갖고 참여하게 하기 위해서다. 책을 좋아하는 학생은 미리 책을 읽어오기도 한다.

그 달의 그림책 선택

인성, 생명 존중, 평화, 통일 등의 주제와 관련된 그림책을 선정하여 시기에 맞게 학생들과 함께 읽을 준비를 한다. 미리 그림책을 선택하여 준비하며 교과서와 성취 기준이나 학습 목표와 연계하여 수업할 수 있어 그림책 수업에 대한 가성비가 높아진다. 기억에 남는 수업 중 하나는 '검은 강아지'그림책을 활용한 수업이었다. 사회적으로 유기견이 화제일 때 이 그림책을 읽어주어 학생들이 유기견 문제에 대해 더 관심을 갖게 했다. 이렇게 3학년 학생들과 밀접한 주제의 그림책을 미리 선정하여 놓는 것은 중요하다.

아래의 그림책 목록은 수업 시간에 쉽게 적용할 수 있는 예시이며, 적용 월이나 과목 등은 얼마든지 학급 상황에 맞게 변경하여 사용할 수 있다.

월	주제	그림책	비고
3월	친구	친구를 모두 잃어버리는 방법	도덕, 창체
4월	관계	핑!	국어, 창체
5월	가족	엄마 자판기	도덕, 창체
6월	생명 존중	검은 강아지	도덕, 창체
7월	환경	비닐봉지 하나가	사회, 도덕
9월	성 평등	메리는 입고 싶은 옷을 입어요	창체
10월	자아 존중감	쿵푸 아니고 똥푸	도덕, 창체
11월	우정	친구의 전설	도덕, 창체
12월	성실, 끈기	햄스터 마스크	창체

그림책 감각 기르기

매주 수요일과 금요일에는 아침 활동 시간을 리딩 버디로 운영한다. 학생들이 자신이 좋아하는 그림책을 친구들에게 읽어주는 시간이다. 소리 내어 읽기 연습일 뿐만 아니라 자연스럽게 책을 가까이하고 친해지는 시간이다. 그날의 책 읽기가 끝나면 책을 읽어준 친구가 질문을 준비해 친구들에게 책에 관한 내용을 질문하면 다른 친구들이 답을 맞춘다. 읽어주는 친구는 주도적으로 책 읽기를 준비하고 듣는 친구들도 적극적으로 리딩 버디 시간에 참여하게 된다.

리딩 버디가 끝난 후에는 칠판 앞에 책을 두고 자유롭게 읽을 수 있게 한다. 멀리서 책을 함께 읽을 때는 보지 못했던 작은 그림 하나하나의 의미를 찾을 수 있으며, 직접 책을 넘기며 작가의 의도에 가까워진다.

아침 리딩 버디 활동 / 책 내용 간추리기

3월의 그림책 '친구를 모두 잃어버리는 방법'

우정 # 배려 # 관계

∙∙∙∙∙∙∙∙∙∙∙∙∙∙∙∙∙∙∙∙∙∙∙∙∙∙∙∙∙∙∙∙

글	낸시 칼슨
그림	낸시 칼슨
출간	2007년
펴낸 곳	보물창고

수업 계획

동기 유발	• '친구를 모두 잃어버리는 방법'의 표지 그림 살펴보기
그림책 읽기	• <활동1> 그림책 읽기
생각 나누기 표현하기	• <활동2> 어휘력 다지기, 친구를 얻는 방법 쓰기, 낭독하기
정리 및 확인하기	• <배움 정리>

문해력을 높이는 수업 실천

3월은 교사도 학생도 힘든 달이다. 탐색전이 중요하다. 3월을 어떻게 보내느냐에 따라 1년 농사의 성패를 좌우한다고 교사들은 이야기한다. 3월에 학급 경계를 잘 세우지 않으면 남은 달이 혼란의 아수라장이 되기 쉽다. 코로나 직격탄을 맞은 아이들은 친구를 쉽게 사귀지 못한다. 모둠 학습을 3년간 경험하지 못한 이들은 소통도 협력도 서툴다. 이 학생들에게는 극약처방이 필요하다. 그림책 '친구를 모두 잃어버리는 방법'을 읽어줄 필요가 있다. 이 책은 친구를 잃어버리는 방법을 소개해 역설적으로 친구를 만드는 방법을 알려주는 책이다. 우리 반의 3월에 안성맞춤이다.

〈동기 유발 / 그림책 읽기〉

어제 우리 반에서 학생들이 다툰 사건으로 수업을 시작했다. 어제 사건이라 기억이 생생하다. 아이들 모두 숙연하게 우리 반 친구들 사이 다툼이 많다는 것에 동의한다. 아이들에게 물었다. "우리 반 친구들이 어떻게 하면 사이좋게 지낼 수 있을까?" 질문했다. 그 힌트가 이 책 안에 있다고 하며 그림책의 표지를 확대해서 보여줬다. 아이들은 어제 사건이 미안한지 책에 한껏 집중했다.

그림책 수업에서 표지를 살펴보는 것은 책에 대한 집중도와 흥미를 높이기에 공들이는 활동이다. 책의 표지 그림을 살펴보면 남자아이가 온갖 장난감을 모두 차지하고 심술궂은 표정을 하고 있다. 친구들 표정도 집중해서 살펴볼 필요가 있다. 책을 본격적으로 읽기 전 책에 대해 이해와 흥미를 돕기 위한 질문으로 수업을 시작했다.

"어디에서 일어나는 일일까?"

"어떤 일이 일어날까?"

"등장인물은 누구일까?"

"친구들은 왜 장난감을 가지고 있는 아이를 화난 표정으로 쳐다볼까?" 등의 질문을 통해 이야기를 궁금하게 만든다.

책의 제목을 가리고 아이들에게 책을 다 읽은 후 어울리는 제목을 붙여보는 활동도 3학년 학생들의 호기심을 자극하기에 애용하는 방법이다.

책 표지를 활용한 동기 유발

책을 다 읽고 나서 다시 그림책의 그림을 학생들이 볼 수 있도록 책의 표지를 TV 화면에 보여줬다. 그런 후 책 속에 나온 친구를 잃어버리는 방법이 무엇이었는지 질문했다. 아직 은 친구들과 협의하는 것이 서툰 우리 반이지만 그래도 친구 들과 의논해서 찾아보고 정리해 보라고 했다. 의외로 아이들 이 즐겁게 협력하며 책의 내용 중 친구를 잃어버리는 법 6가 지를 잘 찾았다.

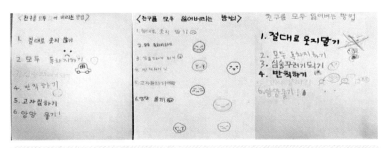

친구를 잃어버리는 법 6가지

책의 내용 확인 후 이 수업에 핵심인 친구를 잘 사귀는 방법을 생각해 보라 했다. 좀 전에 찾은 '친구를 모두 읽어버리는 방법'의 반대를 생각해 보면 된다고 힌트를 줬다. 그림책은 친구를 잃어버리는 방법만 알려줬지, 사실 친구를 잘 사귀는 방법은 알려주지 않는다. 이 책을 내가 선정한 이유가 바로 이것이다. 학생들의 사고를 자극하는 점이 좋다. 뒤집어서 생각해 보도록 하는 것 자체가 학생들에게 충분히 매력적인 책이다.

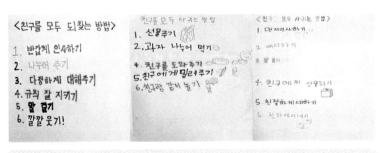

친구를 얻는 방법 6가지

〈생각 나누기와 표현하기〉

수업이 순조롭다. 이상하다. 평소 우리 반 같지 않다. 그림 책 덕분이겠지 하는 생각을 하며 다음 활동을 안내했다. 책을 온전히 이해하면 그것이 문해력을 기르는 수업이지만 3학년 학생들에게 필요한 **어휘력 다지기**과 **문장 쓰기**, **낭독하기**를 의도적으로 수업에 적용해 학생들이 문해력의 기초를 다질 수 있도록 했다.

그림으로 표현하기, 문장 쓰기

이번 수업에서는 내가 생각하는 좋은 친구, 나를 힘들게 하는 친구를 그림으로 표현한 후 그에 맞는 문장 쓰기로 문해력을 기를 수 있도록 했다. 그림을 못 그리는 아이들이 힘들지 않도록 그림에 치중하지 않아도 된다고 안내하며 끝까지 결과물을 제출할 수 있도록 독려했다. 저학년을 막 벗어난 학년이라 그런지 아직은 문장 표현이 서툴고 어순이 맞지 않기도 한다. 학생들의 수준을 생각해 많이 어려운 친구는 예시 문장을 그대로 보고 써도 된다고 안내했다. 재미있는 글쓰기 수업이 먼저다. 재미없다고 느끼는 순간 학생들은 흥미를 잃고 참여하지 않기 때문이다.

〈정리 및 확인하기〉

오늘 수업에서 기억에 남는 것과 좋았던 것이 무엇이었는지 질문했다. 미리 연습한 듯 학생들은 "책이 너무 재미있었어요!"라고 한다. "다음 시간에도 읽어주세요." 준비한 보람이 있다. 하지만 오늘 수업의 목표는 우리 반 학생들이 '친구를 잘 사귀는 방법을 이해하고 실천하기'이다. 책의 주제를 잘 이해했는지 확인하기 위해 친구를 잘 사귀는 방법이 무엇인지 물어봤다. 또 끝으로 포스트잇에 나의 다짐을 적게 해 교실 칠판에 붙였다. 1년 동안 칠판에 붙여놓고 다짐 아닌 계약을 잊지 않게 하려 한다.

4월의 그림책 '핑!'

\# 언어 예절 \# 배려 \# 관계

· ·

글 아니 카스티요
그림 아니 카스티요
출간 2020년
펴낸 곳 달리

수업 계획

동기 유발	• '핑!'의 표지 그림 살펴보기
그림책 읽기	• <활동1> 그림책 읽기
생각 나누기 표현하기	• <활동2> 인상 깊은 문장, 주제 문장 찾기
정리 및 확인하기	• <배움 정리>

문해력을 높이는 수업 실천

　이 책은 교내 교사 동아리에서 한 선생님의 강력한 추천으로 알게 된 책이다. 귀여운 일러스트에 글밥도 적어서 1학년이 읽기에도 무리가 없는 책이다. 하지만 책 속에 담긴 속뜻은 3학년인 우리 반에 '딱'이라서 동아리에서 소개받은 이후로 4월의 책으로 정하고 빨리 4월이 오기만 기다렸다. "친구들과 왜 싸우는 걸까?"하고 질문했다. 막상 싸우는 이유를 물어보니 선뜻 대답하지 못해 모둠 토의를 통해 싸움의 원인을 정리해 보라 했다. 문장 쓰기 연습을 위함이고 이전 수업 시간에 배운 그림책의 내용을 얼마나 학생들이 이해했는지도 확인하기도 위함이다. 다행히 제법 다양한 답변이 나왔다. 친구들과 싸우게 되는 원인 중 기분 나쁜 말투로 인한 다툼에 집중해 보자고 했다. "말이 사람을 기분 나쁘게 하는구나!" 모른척하며 "그렇구나!" "그렇구나!" 하며 강조했다. 혹시 말 때문에 기분 상했던 경험을 알려줄 수 있냐고 물었다. 한 아이가 "선생님. 저는 친절하게 말했는데 친구는 짜증 내며 말해요." "신경질 내며 답하거나 무시하는 사람도 있어요. 기분 나빠요." "어떻게 하면 좋을까?" 선생님은 오늘의 그림책을 읽고 답을 얻었다고 말해주며 궁금하니 빨리 읽어보자고 했다. 기다리고 고대하던 4월의 책 '핑!'을 시작했다.

〈동기 유발 / 그림책 읽기〉

도덕 교과의 '1. 나와 너 우리 함께' 단원과 연계하기도 좋다. 친구와의 관계를 유지하는 좋은 방법이 바로 예쁜 말, 친절 한 말을 쓰는 것이기에 그림책 '핑!'을 도덕 1단원과 4월의 학급 운영 도서로 선정하고 본격적으로 수업을 시작했다.

앞에서 말로 싸운 경험과 기분이 나빴던 경험을 충분히 나눴다.

　저마다 사연이 한 보따리다. 속상했던 사연만 이야기하다 수업이 끝날 것 같아 재빨리 준비한 동영상을 보여줬다. 동영상은 '말의 힘'에 관한 것이다. 고운 말을 들은 밥과 그렇지 않은 말을 들은 밥이 시간이 흐른 후 어떻게 변화하는지 알아보는 영상을 시청 후 학생들은 무척이나 놀라는 눈치이다. 말에 힘이 있다는 것을 영상을 통해 알아채길 바라며 이번에는 그림책의 표지에 집중하도록 만들었다.

"그림책 등장인물이 뭐 하고 있을까?"
"탁구 치고 있어요."
"운동선수 관련 이야기구나."
"아닌 것 같아요. 선생님."
"그래? 아니야?" "그럼 무엇일까?"
"어렵구나, 선생님이 힌트를 줄게. 오늘 선생님이 처음에 우리 반 친구들이 자주 싸우는 이유 중 하나가 뭐라고 했는지 생각해봐." "또 좀 전에 보여준 영상의 주제를 생각해 봐."
"아! 말에 관한 이야기군요."
"근데 왜 말이 제목이 아니고 '핑'이 제목이야?"
"주인공이 말싸움하는 그림이 아니고 탁구하고 있는 그림이 표지에 그려져 있지?"
"탁구와 말 사이에 공통점이 있는 걸까?⋯⋯"

한 친구가 눈치챈 듯 손을 번쩍 들었다. 그림책을 다 읽고 탁구와 말의 공통점을 찾을 시간을 줄 테니 그때 다시 발표해 보자고 하며 책을 읽어줬다.

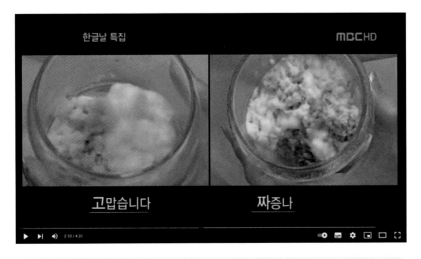

말의 힘 실험 (▸ 출처 MBC)

〈생각 나누기와 표현하기〉

책을 다 읽은 후 학급 친구 중 한 명을 불러 공을 던져줬다. 다행히 공을 잘 받았다. 다음은 받을 수 없게 공을 던졌다. 다행히 받지 못했다. 속으로 '이 공을 받으면 안 되는데' 생각하며 진짜 받을 수 없게 던졌다. 앞에 나온 친구의 표정이 울 듯하다. '미안하다.' 울음을 터뜨리기 전에 재빨리 질문했다. "앞에 나와 선생님을 도와준 ○○이의 표정이 안 좋은 이유를 아는 사람?" 우리 반 친구들 전체가 손을 들었다. "선생님이 공을 막 던졌잖아요!" 소리친다. 앞에 나온 친구와 같은 감정을 공유했는지 화를 내며 말한다.

"선생님이 공을 막 던진 것이 문제구나."
"너희들도 공을 막 던지던데!"
"황당해하며 우리가 언제요?" 씩씩거린다. '걸려들었다.' 신나게 준비한 질문을 했다.
"공을 주고받는 것처럼 너희들도 친구와 동생과 선생님과 늘 주고받는 것이 있어."
"무엇일까?"

이제 그림책에 나온 탁구와 말의 공통점을 찾을 때다. 말과 탁구의 공통점을 찾아 모둠별로 협의하여 글로 정리해 보도록 했다.

'말'과 '탁구(핑)'의 공통점 정리하기

두 번째로 "'핑'을 다른 단어로 바꿔 보면 어떤 단어가 어울릴까?" 했더니 모두 동시에 "'말'이요."한다. 대답하는 목소리에 자신감이 넘친다.

다음은 '핑'의 다양한 방법을 학생들이 얼마나 인지했는지 확인하기 위한 활동이다. "책 속에서 '핑'의 다양한 방법을 소개했는데 혹시 생각나니?" 이 활동은 좀 어려운가 보다. 손을 드는 친구가 없다. 알고 있는 내용을 자기 언어로 바꿔 말하기는 아직 3학년 학생에게 어려운 것인가? 준비한 책 속 중요 문장을 프린트한 종이를 나눠주고 여기서 찾아서 정리하라고 안내했다.

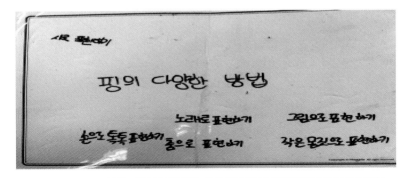

'핑'의 다양한 방법 정리하기

끝으로 책 속의 주제 문장을 찾는 활동이다. 3학년 학생들에게는 주제 문장을 찾는 것이 어려울 수 있어 먼저 기억에 남는 문장과 그 이유를 말하는 활동을 먼저 했다. 그런 후 여러 문장 중에 메시지가 담겨있는 문장을 추려보도록 해 주제가 나타난 문장을 찾도록 했다. 이 활동을 통해 글의 주제를 찾는 능력까지 키워주고자 했다.

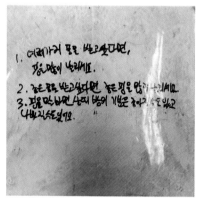

인상 깊은 문장 찾기 / 주제 문장 찾기

〈정리 및 확인하기〉

오늘 수업을 통해 느낀 점이 무엇인지 물었다. 아이들은 "이제는 말을 친절하게 하고 싶어요.""친구가 말을 친절하게 안 해도 그건 내 잘못이 아니라는 걸 알았어요."등의 답을 했다. 오늘 수업은 '핑', '퐁'등의 말에서 오는 유희가 있어 학생들에게 인기 있는 책이다. 수업 후 쉬는 시간 여기저기서 '핑', '퐁' 하며 장난치는 아이들을 여럿 발견했다. 친구들끼리 삼삼오오 모여 '핑', '퐁' 하며 논다. 실생활에서도 오늘 배운 내용을 실천하면 더할 나위 없겠지만 실수하며 크는 아이들이니 한 번에 고칠 것이라는 기대는 안 한다. 쉽게 잊는 아이들을 위해 그저 '말들이 사는 나라'라는 후속편 그림책을 준비해 뒀을 뿐이다.

이 세상에서 우리는 '핑'만 할 수 있어요,
'퐁'은 친구의 몫이에요.

'핑'이 환한 웃음이어도 '퐁'은 다를 수 있어요.
모든 게 상상한 대로라면 좋겠지만,
기대했던 것과 다르더라도 실망하거나 움츠러들 필요는
없어요.
'퐁'은 친구의 몫이니까요.

어떤 대답이 돌아올지는
우리가 정할 수 있는 게 아니거든요.

- 핑! 중에서 -

5월의 그림책 '엄마 자판기'

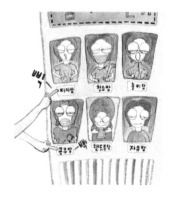

가족 # 사랑 #이해

· ·

글 조경희

그림 조경희

출간 2019년

펴낸 곳 노란 돼지

이 책은 2021학년도에 가르쳤던 학생이 재미있다며 소개해 준 도서이다. 단언컨대 이 책을 읽어주기 시작한 이후로, '엄마 자판기'를 싫어하는 학생을 보지 못했을 정도로 학생들의 선호도가 높은 책이다. 특히 빅북으로도 출간되어 교실에 둘러앉아 읽기에도 좋다.

수업 계획

동기 유발	• '엄마 자판기' 의 표지 그림 살펴보기
그림책 읽기	• <활동1> 그림책 읽기
생각 나누기 표현하기	• <활동2> 아들·딸 자판기 만들기
정리 및 확인하기	• <배움 정리>

문해력을 높이는 수업 실천 ―――――――――

〈동기 유발 / 그림책 읽기〉

5월 가정의 달에 어울리는 그림책으로 '엄마 자판기'를 준비했다. 5월에 있을 학부모 공개수업과도 연계해 활용해야겠다는 생각으로 공개수업 용으로 수업을 구성했다.

부모님이 오시는 공개수업은 학생들을 긴장시킨다. 평소에 철없던 학생들도 웬만하면 공개수업에서는 최상의 모습을 보여주려 노력한다. 평소 모습과 달라 살짝 배신감이 들긴 하지만 공개수업 때 눈치 없이 행동하는 것보다는 낫다.

엄마 자판기는 평소에 엄마에게 불만이 많은 주인공이 엄마 자판기에서 원하는 엄마를 고를 수 있는 선택권이 생기자 마음에 드는 엄마를 골라 행복한 하루를 보내는 내용이다. 하지만 다음날 자판기 속 엄마는 사라지고 평소의 엄마만 안방에서 자고 있다. 밤샘 주인공과 놀아준 엄마는 자판기 엄마일까? 실제 엄마일까?

이 그림책은 평소 3학년 학생들이 엄마에게 자주 들을 만한 실감 나는 대사들로 가득하다. 엄마가 잘되길 바라며 하는 잔소리를 우리 반 아이들은 어떻게 느끼고 있을까? 엄마의 마음은 알고 있을까? 엄마의 마음을 헤아려 보는 시간이 되길 바라며 수업을 여는 첫 질문으로 엄마, 아빠에게 가장 많이 듣는 말을 물었다.

"핸드폰 그만 봐라."
"컴퓨터 꺼라."
"책 읽어라."
"숙제해라."
"씻어라."
"양치질해라." 등 끝없이 답변이 쏟아진다. 오늘 수업이 엄마에게 자주 듣는 말만 하다가 끝날 판이다. 빠르게 다음 질문으로 옮겨갔다.

"혹시 엄마를 고를 수 있다면 어떤 엄마를 고를지 발표해 보자."

"요리 잘하는 엄마요."
"공부 안 시키는 엄마요."
"종일 놀게 해 주는 엄마요."
"학원 안 보내는 엄마요."
"놀아주는 엄마요."
"숙제 안 해도 되는 엄마요. "
 아이들의 답을 들은 부모님들이 웃음을 참지 못하신다.

'그렇구나.' 오늘 읽어 줄 책 표지를 보여주며 오늘 책 속 주인공이 누구일지 짐작해 보게 했다. '아이'가 주인공 같다는 대답이 다수였다.

〈생각 나누기와 표현하기〉

책 읽기를 끝낸 후 내가 평소 엄마에게 자주 듣는 말을 적어 보게 했다. 그리고 그 속에 담겨있는 엄마의 마음도 헤아려 보게 했다. 엄마가 하는 말은 숙제해라. 공부해라. 핸드폰 꺼라 등이 제일 많았다. "부모님이 왜 이리 잔소리를 많이 하실까?" "잘 되라고요." "잘 크라고요." 등 아이들은 그 말에 담겨있는 뜻을 알았다.

이번에는 평소에 내가 엄마에게 자주 하는 말을 솔직하게 발표해 보자 했다.

"싫어"
"알았어요."
"싫은데?"
"했어요." 등이다. 이때 포인트는 아이들 발표를 최대한 퉁명스럽게 따라 하는 것이다. 내 흉내를 들은 아이들은 아니라며 야유하지만, 끝까지 마친 후 비장의 무기를 꺼냈다.

TV 화면에서 노래가 나오자 다들 놀란다. 양희은의 '엄마가 딸에게'를 BGM으로 설정한 뒤, 부모님들의 편지를 뮤직비디오 영상으로 만들었다. 오늘 수업을 위해 미리 마음이 담긴 쪽지를 보내달라고 했었다.

가족들의 진짜
속마음을 알아볼까요?

바쁘다는 핑계로 딸에게 엄마, 아빠가 너무 당연하게 의지 했던 것 같아.
어느새 훌쩍 커서 딸이 혼자할 수 있는 것들이 생기면서 적적하는 모습보면 엄마, 아빠는 기특하고 대견하게 생각하고 있어^^
딸이 좋아하는 일에 엄마, 아빠도 함께 할 수 있도록 노력할게!
야 많이 많이 고맙고 사랑한다
엄빠사랑이 ♥ 늘 응원할게 ^^

학교생활 쉽지 않지? 어른인 엄마도 회사생활 쉽지 않단다. 공부도 중요 하지만 엄만 몸,정신,마음이 건강한 아이로 자라길 바래 .세상에 하나뿐인 소중한 존재 라는거 잊지말고, 엄만 항상 너를 응원하고 사랑해^^
우리.   사랑해

아~ 늘열심히 하고 엄마에게 보여주고 칭찬받고싶어 하는 그마음을 알면서도 제대로 해주지못해 미안해♡
순수하고 정직한마음으로 사랑을을 대하고 늘기쁨을 주려고 노력하는 우리   미
최고야
밝고 건강하게 학교생활도 을겁고행복하게 보내고 엄마가사랑해..

부모님 편지

이제 학생들 차례이다. "이야기 속에서 밤사이 놀아준 엄마가 자판기 엄마가 아니라 내 엄마였다는 것을 주인공이 안다면 엄마에게 어떤 말을 하고 싶을까?" 아이들은 "감사해요."라고 대답했다. 또 "사랑해요."라고도 답했다.

〈정리 및 확인하기〉

수업 마무리 활동으로 '아들·딸 자판기'를 만들도록 했다. 부모가 되었다고 생각하고 원하는 자녀를 자판기에 채워보는 활동이다. 이 활동으로 부모님 마음을 헤아려 보길 기대했다. 센스있는 학생들은 활동지 구석에 "부모님 사랑해요."라고 적었다.

아들·딸 자판기

엄마 자판기

✎ 마음을 전하는 편지 쓰기

〈부모님께〉

_____

_____

_____

_____

_____

_____

_____

_____

_____

_____

_____

_____

_____

_____

_____

_____

6월의 그림책 '검은 강아지'

생명 존중 # 상생 # 책임

....

글 안미란
그림 박수지
출간 2004년
펴낸 곳 ㈜미래엔

수업 계획

동기 유발	• '검은 강아지' 뮤직비디오 함께 보기
그림책 읽기	• <활동1> 그림책 읽기
생각 나누기 표현하기	• <활동2> 검은 강아지의 기분을 표현하는 말 찾기
정리 및 확인하기	• <배움 정리> 마음을 전하는 편지 쓰기

문해력을 높이는 수업 실천

〈동기 유발 / 그림책 읽기〉

6월의 그림책은 '검은 강아지'이다. 연구회에서 '검은 강아지'를 소개받고 당장이라도 아이들과 같이 읽고 싶었던 작품이다. 내가 강아지를 유난히 좋아하기도 하지만 요즘 사회 문제인 유기견 문제를 다루고 있어 더 반갑기도 했다. 또 3학년

과학 교과에서 동물의 한살이를 다루고 있어 단원을 시작하기 전 학생들에게 동물보호와 생명, 책임, 상생 등의 정의적 영역을 지도할 수 있겠다 싶었다. 주저리주저리 늘어놓은 대의적 목적을 제쳐두고라도 감동을 주는 진정 아름다운 작품이다. 그 이유만으로도 아이들과 읽을 이유가 충분하다.

책의 표지를 보여줬다. 제목을 가리고 표지에 집중하게 표지 그림을 텔레비전에 크게 띄웠다. 그리고 표지에서 보이는 것이 무엇인지 물었다.

"빌딩이 보여요."
"도로에 차가 많아요."
"나무도 있어요."
"눈이 내려요."
"사람이 강아지를 산책시켜요."
한 가지만 더 찾으면 된다고 하며 표지의 구석을 잘 보라고 했다.

쉽게 찾지 못한다. 책 표지에 전신거울이 아주 작게 그려져 있다. 이 거울은 이 그림책에서 놓치면 안 되는 아주 중요한 복선이다.

결국 아이들은 "선생님 그거 거울이에요?"라고 묻는다.
"응 맞아. 거울이야."

　다음은 검은 강아지 그림책 수록된 노래를 들려주고 아이들에게 가사 말에 나오는 '아이'가 누굴까? 생각해 보게 했다. 당연히 아이가 주인공이라고 생각한 아이들은 선생님 질문이 이상한 듯 대답을 하지 못한다.

<책에 있는 부록 음악 들려주기>

난 영문도 모른 채 길 위에 놓였네 홀로
모든 게 낯설고 모든 게 차가운 이곳
나 꿈속을 헤매네 따스했던 손길 말투
이 길의 끝에서 만날 수 있을까 다시
저 구름 위에 피어나는 얼굴 기억해
칠흑같이 어두운 밤을 또 견뎌야 해
잘 참아 볼게요.
긴 숨바꼭질 끝나면 꼭 칭찬해 주세요
착한 아이니까요

- 숲 '난 착한 아이예요' 中 -

"이 노래 가사의 '아이'는 우리가 생각하는 어린이가 아니야."
"그럼 누구일까?"
"책 표지에 힌트가 있어."
"아까 표지에서 발견한 것 중 하나야."

가리고 있던 책의 제목을 보여주며 오늘의 책 '검은 강아지'를 읽었다.

〈생각 나누기와 표현하기〉

작품 속 내용도 파악하고 어휘력도 잡을 수 있도록 이번에는 감정표현 단어들을 살펴보는 시간을 갖도록 활동을 구성했다.

"착하지?
여기서 기다려
곧 데리러 올게……."

‣ 출처 검은 강아지 중

위 말은 들은 강아지는 마음이 어땠을까? 라고 물었다. 아이들은 "싫어요.", "화나요.", "슬퍼요."라 답한다. 더 이상의 대답은 없다. 이것이 우리 반 아이들의 어휘력 상황이다. 이번은 "길에 버려진 기분이 어땠을까?"라고 질문했다. 약속이라도 한 듯이 또 "싫어요.", "화나요."라는 답변이 돌아온다. 좀 더 자세히 말해보라 했더니 "짜증나요.", "슬퍼요."가 전부이다. 이런 상황에서 어떻게 타인의 마음을 헤아리고, 마음을 전하는 글을 쓸 수 있을까?

평소 '좋아요', '싫어요'의 이분법적 표현만 하는 우리 반 학생들에게 문해력의 토대가 되는 어휘학습이 필요하다. 이번 활동에서 감정을 나타내는 어휘들을 먼저 살펴본 후 작품 속 강아지의 마음을 다양하게 표현할 수 있도록 활동을 구성했다. 때마침 3학년 1학기 국어 7단원이 '반갑다, 국어사전'이라서 교과와 연계하기에도 적절했다.

사전을 던져주고 알아서 적절한 단어를 찾아오라고 하는 것은 3학년에게 사막에서 바늘 찾기 수준의 과업이기 때문에 미리 감정에 관련된 어휘를 소개하고 공부했다.

고맙다	편안하다	달콤하다	반갑다	산뜻하다	활기차다
신나다	상큼하다	시원하다	기쁘다	상쾌하다	즐겁다
걱정하다	고민하다	놀라다	괴롭다	두렵다	힘들다
억울하다	짜증나다	무섭다	슬프다	답답하다	불안하다

감정을 나타내는 표현

다음으로는 모둠별로 책의 흐름에 따라 주인공이 느끼는 감정을 표현할 수 있는 적절한 단어를 찾고, 정확한 뜻을 찾도록 했다. 제시한 24가지 단어는 예시이며 혹시 더 적합한 표현이 떠오르면 덧붙여도 좋다고 안내했다. 협동력이 우수한 모둠, 가장 많은 감정 단어를 찾는 모둠에게는 칭찬을 아끼지 않았다.

작품 속 주인공의 감정 짐작해 보기 / 문장으로 나타내기

위 네 장면은 전체의 내용을 요약했다고 할 수 있을 만큼 중요한 장면들이다. 위 네 장면을 하나씩 넘기며 아이들에게 우선 잘 관찰해 보라 했다. 아이들이 내 주변에 모여 내가 책을 읽어 줄 때도 위 장면을 봤겠지만 위 장면들이 작품의 핵심이기에 다시 살펴보게 했다. 아직 작품을 온전히 읽을 줄 모르는 아이들이 다수이므로 아이들이 놓치기 쉬운 부분은 다시 짚어봤다.

"위 장면을 보면 강아지는 같은 장소 같은 나무 옆에 있지만 변화하고 있는 것이 있는데 찾은 사람 있니?"라고 물었다.

"선생님. 계절이 변해요."
"봄, 여름, 가을, 겨울 같아요."
"맞아. 아주 관찰력이 좋은데?"
"계절도 변화하고 있고 또 하나 변화한 것이 있어."
"잘 봐야 해." "선생님도 처음에 못 찾았어. 친구가 알려 줬어"

"강아지 색깔이 변했어요."
"대단한 관찰력인데, 근데 강아지 색깔이 왜 변했을까?"
"길에 버려져서 그런 것 같아요. 목욕도 못 하고…… 그래서 그래요." 답하는 아이도 마음이 아픈지 목소리에 힘이 없다. 쉽게 작품 속 등장인물에 동화되는 우리 반이다. 말랑말랑한 마음을 지녔기 때문일 것이다. 이것이 바로 내가 우리 반 아이들과 수시로 책을 읽는 이유이다.

오래간만에 분위기가 차분한다. 아이들이 감정에 젖어있을 때 바로 그 감성을 문장으로 표현하게 했다. 이번에는 좀 더 다양한 표현을 사용해 강아지의 마음을 표현해 보라고 안내했다.

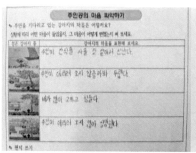 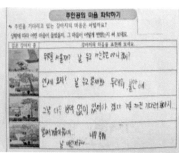

작품 속 주인공의 감정 문장으로 나타내기

　마지막 활동으로 함부로 반려견을 버리는 사람들에게 마음을 전하는 편지를 쓰도록 했다.

❀ 편지 쓰기
〈강아지를 버리는 사람들에게〉 당신이 이 강아지라면 어떤 마음이 드실 려 간나요? 귀여운 강아지는 또 사고 그러 다 안 귀여워지면 또 버려서 강아지에게 상처주는 당신들 이해가 안돼요 입장을 바꿔서 생각해봐요 버려진 강아지들은 추워지고 배고파지며 고통을 느껴요 근데 계속 이 짓을 계속 계속 반복하잖아요 당신이 제그만 좀 해요 당신이 계속 이러면 강아지는 상처, 트라우마가 생겨요 이건 고칠 수 없어요 이제 그만한다면 강아지는 덜 상처 받겠죠? 당신들은 잘 살고 그러지만 강아지는 아니에요 고통 속에서 죽어요 지금부터 그만해요 입장을 바꿔 생각해봐요

마음을 전하는 편지 쓰기 1

마음을 전하는 편지 쓰기 2

〈정리 및 확인하기〉

학생들이 쓴 편지는 복도에 게시했다. 다른 친구들도 읽었으면 좋겠다는 아이들의 의견이다. 기특하다. 오늘 수업이 아이들의 마음에 울림이 있었던 것 같다. 이번 수업은 우리 반 학생들이 온전히 책임을 맡아 한 생명의 평생을 지켜낼 수 있었으면 좋겠다는 생각으로 계획한 수업이었다. 생명의 소중함과 그 생명에 대한 책임에 대해 충분히 생각했다면 이번 수업은 문해력을 떠나서 '참으로 의미 있었다.' 생각한다. 이 수업의 효과인지는 모르겠지만, 얼마 지나지 않아 한 어린이가 유기견을 입양했다는 소식을 전해주었다.

'아이'는 누구일까?

난 영문도 모른 채 길 위에 놓였네 홀로
모든 게 낯설고 모든 게 차가운 이곳
나 꿈 속을 헤매네 따스했던 손길 말투
이 길의 끝에서 만날 수 있을까 다시
저 구름 위에 피어나는 얼굴 기억해
칠흑같이 어두운 밤을 또 견뎌야 해
잘 참아 볼게요. 긴 숨바꼭질 끝나면
꼭 칭찬해 주세요
착한 아이니까요

– 슌 '난 착한 아이예요' 中 –

https://www.youtube.com/watch?v=iFLnOgxhRUA

✎ 위 노래 가사의 '아이'는 누구일까?

| |
| |

✎ 감정을 나타내는 표현을 찾아보세요. (사전을 이용해도 좋아요.)

고맙다	편안하다	달콤하다	반갑다	산뜻하다	활기차다
신나다	상큼하다	시원하다	기쁘다	상쾌하다	즐겁다
걱정하다	고민하다	놀라다	괴롭다	두렵다	힘들다
억울하다	짜증나다	무섭다	슬프다	답답하다	불안하다

08_저학년 그림책 프로젝트 (환경)

'킬러 말고 그림책 ; 저학년 환경편'

킬러. 소설이나 영화에서만 나올 것만 같은 낱말. 이와 전혀 교집합이라곤 없어야 할 장르인 '교육'계의 뉴스 헤드라인에 이 낱말이 도배된 적이 있다. '킬러, 준킬러 문항'등 말 그대로 죽여주는 이 단어 선택은 평가를 위한 평가, 고통받는 학생, 목적을 잃은 교육 그 자체 같다. 이런 대한민국에 사는 이상 초1도 그리 다를 건 없다. 이제야 학생 배지 달았는데 우리 아이가 반에서 성적이 몇 등인지 묻는 학부모님, 이 활동도 수행평가인지를 매번 묻는 학생까지 있으니. 씁쓸하지만 어쩔 수 없는 방향성을 가진 학부모님과 학생에게, 교사로서 어떤 카드를 제시해야 교육이 인류를 위한 행위에 가까워질까. 고민 끝에 찾은 돌파구는 책이었다. 인류가 고전 인문학으로 인간과 사회에서 지속되어야 하는 가치를 정교하게 전해주었듯, 너무나 당연해서 오히려 놓쳐지는 귀중한 가치들을 몸소 느낄 기회를 줄 효과적인 방법. 글을 읽고 생각할 기회가 곧 문해력이라 믿으며, 그리고 킬러 저격 대상에서 탈출하는 아이들의 미래를 상상하며, 곧바로 그림책 기반 프로젝트 계획에 돌입했다.

1학년 1학기를 통틀어 그림책으로 프로젝트화하기 가장 용이하고 다양한 활동으로 풀 수 있는 이슈가 있었다. 당연하지만 놓쳐지는 귀중한 것이면서 1학년 아이들도 실생활에서 쉽게 접하는 분야인 '환경' 주제이다. 킬러 말고 그림책으로 마음에 작은 가치 씨앗을 심어 위기에 빠진 인류를 구해보자.

프로젝트 예고: 그림책 '난 무서운 늑대라구!' "책 속에 길이 있다" 여기도록 머리와 마음의 준비시키기

\# 독서 \# 동물 \# 책의 힘

. . . .

글 베키 블룸

그림 파스칼 바에

출간 1999년

펴낸 곳 고슴도치

수업 계획

동기 유발	• '늑대' 놀이 : 짝 신체 놀이, 연상 놀이
읽기 전	• <활동1> 「난 무서운 늑대라구!」 책 표지 살피기 - 책 표지 속 동물 이름 읽고 써 보기 - 표지 그림에 어울리는 알맞은 질문과 답 문장 만들기
읽기 중	• <활동2> 그림책 읽기 - 늑대의 다음 행동 예상하기 : 정지 동작
읽기 후	• <활동3> 내용 확인 - 늑대의 변화 모습 정리
읽기 후	• <활동4> 생각 내면화하기 - 신비한 기운이 담긴 책 만들기
정리 및 확인하기	• <배움 정리> 생각 넓히기 활동 -책 전시관 슬로건 만들기: '책은 _____ 이다.' -책이 바꾼 마을: 프로젝트 마주하기

문해력을 높이는 수업 실천

- 프로젝트 시작 알리기: 책을 통해 생각을 키울 준비

학생들이 환경 문제를 인류 생애 문제로 여기고, 해결 방법을 찾아 인류를 구하는 행동으로 연결하는 것이 이 프로젝트의 방향이다. 목표 핵심 역량을 '생태 감수성'과 '공동체 역량'으로 설정하고 관련 도서와 활동을 구성하였다. 하지만 무엇이든 처음인 1학년에게 바로 프로젝트를 시작하고 관련 도서를 투입하는 것보다는, 책을 통한 배움이 지닌 큰 힘과 의미를 느끼게 할 필요성이 있었다. 그래서 책이 가진 힘을 생각해볼 수 있는 그림책 「난 무서운 늑대라구!」로 프로젝트 시작을 알리는 시간을 가졌다. 책으로 창의적이고 유연한 사고를 연습하면서도 책이 가져다주는 교양의 힘을 느끼며 추후 동물 관련 본 프로젝트 도서와도 연결된다. 꼭 환경 프로젝트가 아니라도 본격적인 그림책 기반 프로젝트 진행에 앞서 길잡이용으로 다루기 적합한 책이다.

〈동기유발〉

- 책의 주인공과 관련한 놀이와 상상 시간

· 늑대 순발력 박수: 가위바위보로 승·패자를 정해놓은 후, 짝과 마주 본 상태로 두 손을 합장한 후 대기한다. 교사가 '늑대'를 외치면 승자의 공격, 다른 동물을 외치면 패자가 공격한다. 공격은 손등 박수 치기며 수비자는 피할 수 있다.

· 늑대 연상 낱말 놀이: 늑대 사진을 띄우고 늑대 하면 떠오르는 것을 말해보았다. 늑대에서 여우, 호랑이, 사자, 이 세상 모든 동물을 다 이야기하기에 이르면, 2단계로 생각그물에 생김새, 특성, 늑대 본 경험 등 울타리를 제시하여, 늑대에 대해서만 깊이 생각해볼 기회를 준다.

· 늑대 한 마리 상상하기: 방금 생각해본 늑대의 특성들을 생각하며 지금 지구 어딘가에 있을 늑대 한 마리를 떠올리거나 되었다고 눈을 감고 상상해본다.

- 책 등장 시키기

'상상 상자'라 이름 붙인 상자를 준비했다. 누군가가 상상한 늑대 한 마리가 도착했다고 하며 책을 꺼내 보여주었다.

〈활동1〉 책 표지 살피기

- 기초 국어 사용 연계 활동(1): 낱말 완성하기

· 동물 이름 중 빠진 글자 쓰기(혹은 글자 자석으로 만들기)

· 틀린 동물 이름 찾기 등 단순 게임 형태로 가볍게 진행

그림책의 표지에 등장하는 동물 그림을 함께 살피며 기초 국어 능력을 짚고 넘어간다.

- 기초 국어 사용 연계 활동(2): 문장 만들기

국어과 문장 만들기 활동과 연계하나 유연한 사고를 위해, 책 표지를 보고 '질문 문장 만들기'로 변형하였다. 문장부호 단원 공부 후에 진행하도록 하여, 물음표와 마침표의 쓰임도 함께 연습할 수 있다.

[닫힌 질문] 무엇이 어떠한가요? ~~ 한 것은 무엇인가요?

책을 읽는 동물은 몇 명인가요?

[답] 무엇은 어찌합니다.

책을 읽는 동물은 4명입니다.

[열린 질문] ~~은 왜 그럴까요? ~~은 어떻게 될까요?

늑대는 왜 화가 났나요?

[답] 무엇은 어찌합니다.

늑대는 배가 고파서 화가 났습니다.

'책을 읽는 동물은 몇 명인가요?'처럼 답이 하나인 질문 문장과 앞으로 '이야기는 앞으로 어떻게 될까요?' 같은 다양한 답이 있는 질문 문장이 있음을 예로 들어, 닫히고 열린 질문의 차이를 설명했다. 혹시 어렵다면 질문의 종류는 생각하지 않아도 된다고 강조하고, 활동지에 적기를 시작했다. 방법은 하나 주고 하나 받기 방법을 사용했다. 활동지를 인원수 +1로 모둠 더미에 쌓아놓고 계속 종이를 바꿔가며 질문과 답을 적는다. 가져온 활동지의 질문에 답 문장을 1개 쓰고 또 다른 질문 문장을 1개 적어 더미에 놓는 식이다. 1학년이라 문장이 구조가나 맞춤법이 완벽하지 않아도 주어와 서술어가 일치하기만 하면 되고 유창성에 집중하도록 유도했다. 의미 없는 문장 만들기가 아니고 책의 내용을 생각해 볼 수 있어서 좋고 질문도 답도 문장으로 연습할 수 있다. 학생들을 둘러보며 첨삭을 해주는 과정에서 모둠이 함께 배울 수 있고, 책을 예상한 문장을 공유하며 읽기 전 활동을 마무리할 수 있다.

〈활동2〉 그림책 읽기 - 예상과 이해

- 전반부 읽고 이어질 내용 정지 동작으로 예상하기

읽기 중 활동은 '농장 동물들이 무서운 늑대를 보고도 여유롭게 책을 읽으며 무시하는 장면'까지만 읽고 난 후 진행한다. 예기치 못한 상황에 당황하는 초반 장면이다. 늑대에게 어떤 마음이 들었을지 생각해 보며, 끊어진 장면 이후 늑대의 행동을 예상하여 연극 기법의 정지 동작으로 표현했다. 꼭 늑대가 아니어도 되고 그때 늑대가 행동하는 것을 본 다른 동물들도 된다고 하면 더 다양한 이야기가 나온다. 책 내용을 아는 친구는 가급적 원래 책과 다르게 표현해보도록 했다. 교사가 돌아다니며 멈춰있는 학생들을 터치하면 자기소개와 함께 어떤 상황인지 설명한다. 다양한 예상을 발표한 후 나머지 이야기를 끝까지 읽었다.

T: (S1 터치) 누구시고 어떤 상황인가요?

S1: 저는 개미인데 늑대가 쿵쾅쿵쾅 걸어가서 밟혔어요.

T: (S2 터치) 누구시고 왜 이런 모습으로 계신 가요?

S2: 저는 늑대인데 배가 너무 고파서 쓰러졌어요.

〈활동3〉 내용 확인하기

- 단계별 달라진 대사 따라 하기

읽기를 마치고 간단히 내용 확인 문제 골든벨로 이해도를 확인한 후 늑대의 변화는 어느 장소를 거치며 일어났는지 세

군데를 찾아본다. 그리고 각각의 장소에서 늑대가 어떻게 달라졌는지 칠판에 정리한다. 그 후 세 장소인 학교, 도서관, 책방을 거치며 변화하는 늑대의 대사를 흉내 내며 함께 읽었다. 레벨업 가위바위보 게임을 통해 재미있게 읽어도 좋다.

> 처음: 아우-우우우우-우우우
> 학교: 뛰••어••라, 느윽대야! 뛰어라! 늑•대•가 뛰•는• 것•을 보••
>   아라.
> 도서관: 옛날에산에아기돼지세마리가살고있었습니다.하루는엄마
>   돼지가아기돼지들을불러놓고말했습니다….
> 책방: (   )

마지막 장소인 책방을 거치고 달라진 늑대의 모습은 책을 가까이하는 우리 모습과 가장 가까울 것이라고 이야기하며, 책방에서 나온 후 늑대가 얼마나 멋지게 이야기를 읽었을지 상상하며 모둠끼리 이 책에서 읽고 싶은 장면을 정해 함께 낭독하는 시간을 가졌다.

- 단계별 달라진 행동 찾기

늑대가 책을 잘 읽게 될 때마다 상징적으로 울타리 넘는 방법도 달라진다. 어떻게 달라졌는지 이야기 나누며 알맞은 늑대의 모습을 순서대로 도화지에 붙여본다. 아이들과 함께 이 모습을 진화 1단계~3단계라고 이름 붙였다. 그리고 다양한 행동 문장을 제시하고 각 단계에서 늑대가 했을 법한 행동을 골라 늑대 옆에 붙여보게 했다. 책 속에서 농장 동물들이 늑대에게 말한 '교양'의 뜻을 귀납적으로 대강 이해할 수 있도록,

가급적 콜버그 3수준에 해당하는 행동을 최고 단계로 이해할
수 있도록 예시를 주었다.

길에 쓰레기를 버린다.	내가 떨어뜨린 쓰레기를 줍는다.	길에 쓰레기가 보이면 줍는다.
재밌으면 친구를 괴롭힌다.	친구를 괴롭히지 않는다.	괴롭힘당하는 친구들이 없도록 앞장선다.
좋아하는 음식만 먹고 싫어하는 음식은 버린다.	칭찬받으려고 골고루 먹는다.	감사한 마음으로 골고루 먹는다.

추후 환경 문제 행동에 대해 다룰 때 늑대의 변화 단계에 빗
대어 환경 윤리적 행동의 수준을 설명할 수 있어서 좋았다.

〈활동4〉 생각 내면화하기
- 책에 담긴 신비한 기운을 담아 작은 책 만들기

늑대가 변화하기로 마음먹은 이유와, 무엇이 늑대를 바꿨는
지 이야기 나누고, 늑대가 읽었을 것 같은 책도 좋고 늑대를
바꾼 신비한 힘이 담긴 책을 상상하여 작은 책으로 표현하였
다. 오히려 자유를 주면 어려워하는 친구들에게는 좋아하는
책이나 늑대에게 추천해주고 싶은 책도 좋다고 했다. 이번 시
간에 다룬 그림책에서 각자 느낀 책의 기운을 자유롭게 표현
하면 되니 즐겁게 활동을 마무리하기 좋다.

작은 책 만들기

2학년이라면 한글이 어느 정도 되니 좀 더 일찍 프로젝트를 시작하고 4월 23일 '세계 책의 날'에 맞춰 이 그림책을 다루면 책의 신비한 기운을 글로벌한 느낌으로 공유할 수 있으니 더 의미가 있을 것 같다.

배움 정리 및 심화 - 책에 대한 생각, 그리고 변화

- 전시관 슬로건 만들기: 책은 ＿＿＿＿＿＿＿이다.

책의 힘을 느껴본 이번 활동을 마치며, 책에 대한 각자의 생각을 한 문장으로 만들어 배움을 정리하였다. <활동4>에서 만든 작은 책을 전시할 전시관 주제를 한 문장으로 만든다면 무엇이 가장 좋을지 떠올려 보고 공유하였다.

예) 책은 힘이다. 책은 미래이다. 책은 마법이다.

- 책이 바꾼 늑대, 책이 바꾼 마을

도입에서 이야기 나눴던 늑대 사진을 다시 보여주며 늑대가 진 이미지나 대표되는 특징이 전부가 아니며 좁은 생각에 사로잡히는 것을 '편견'이라고 하고 편견을 없애고 세상을 보는 시야를 넓히며 모든 동물이 평화롭게 책으로 하나 되는 힘이 여기에 있음을 간단히 언급하였다. 그리고 무언가를 바꿀 힘이 책에 있고 책이 가진 힘을 가까이하려는 자세가 필요하다고 강조한다. 그리고 책의 앞표지와 뒤표지 속지 그림을 비교하며 화면에 보여주었다. 생기 없는 마을이 책으로 행복하게 변화하는 장면이다. 장면을 보고, 무엇이 달라졌는지 이야기 나눈 후 말했다.

"우리 세상에도 이렇게 책을 읽으며 꼭 변화시켜야 하는 장면이 있어요."

화면에서 책의 앞표지 속지가 있던 자리에 쓰레기로 뒤덮인 바다, 산불로 집을 잃은 코알라 사진, 가뭄으로 갈라진 땅 사진을 보여주었다. 그리고 책의 뒤표지 속지 자리에 푸른 바다와 숲 사진을 보여주었다.

그리고 함께 앞으로 시작할 환경 프로젝트 도식을 보여주며 프로젝트를 소개하였다.

문제 확인	「북극곰에게 냉장고를 보내야겠어」 * 동물 마을 꾸미기 * 되어보기로 환경 이해하기
출동 준비	「지구를 위한 한 시간」 * 지구 특공대 자격시험 * 지구 특공대 출동 계획
출동 하기	「지구의 일」 * 지구 지킴이 캠페인 * 에너지 그림일기 * 출동! 지구 특공대 (코너 활동)

환경 지킴이 프로젝트

교수학습 과정안

도서	난 무서운 늑대라구!		대상	1학년
교육 과정	국어 1-1 5. 문장으로 말해요. 7. 알맞게 띄어 읽어요. / 창체 (총 3차시)			
학습 목표	☞ 세상을 변화시키는 책의 힘을 느낄 수 있다.			
목표 역량	생태 감수성, 공동체 역량, 협력적 소통 역량		수업 유형	협동학습

수업의 흐름	교수 · 학습 활동	시간 (분)	자료(▶) 및유의점
배움 열기	〈동기 유발〉 - 책의 주인공과 관련한 상상 시간 • 늑대에 대해 생각하기 • 책에 대해 생각하기 • 둘을 합쳐서 생각하기 - 책과 만나기 • 모자이크와 퍼즐로 책 표지 그림 만나기 • 어떤 내용일지 예상하기 〈배움 목표 제시〉 ☞ 책을 읽고 세상을 변화시키는 책의 힘을 찾아 느낄 수 있다. 〈활동 안내〉 〈활동1〉 책 표지를 살펴요 - 1차시 〈활동2〉 책을 읽어요 - 2차시 〈활동3〉 늑대가 변했어요 - 2차시 〈활동4〉 신비한 책을 만들어요 - 3차시	15분 (1차시)	▶ 늑대 · 책 · 기계 그림, 책 표지 그림
읽기 전	〈활동1〉 책 표지를 살펴요 - 책 표지 그림 보고 문장 만들기 • 표지 등장 동물 이름 퀴즈 • 질문과 답 문장 만들기 (협동학습) · 열린 질문, 닫힌 질문, 답 문장으로 쓰는 법 알기 · 하나 갖고 하나 주기: 질문1개+답1개 돌려가며 쓰기 • 만든 문장 공유하기	25분 (1차시)	▶ 책 표지 그림, 도화지 모둠별 인원+1

수업의 흐름	교수 · 학습 활동	시간 (분)	자료(▶) 밎유의점
읽기 중	〈활동2〉 그림책을 읽어요 - 그림책 전반부를 읽고 인물이 되어 정지 동작 표현하기 • 어떤 상황인가? • 늑대는 어떻게 할 것 같나? • 곧 이어질 장면의 누군가가 되어 정지 동작 표현하기 - 그림책 후반부 읽기	15분 (2차시)	▸ 손가락 봉
읽기 후	〈활동3〉 늑대가 달라졌어요 - 내용 확인 골든벨 - 변화한 늑대 따라 읽기 • 늑대가 거쳐 간 장소 찾기 • 장소별 늑대의 읽기 실력 변화 이야기 나누기 • 늑대의 단계별 대사 따라 읽기 (신분 상승 가위바위보 게임) - 변화한 늑대의 행동 분석하기 (모둠활동) • 늑대의 단계별 행동 변화 상징 '울타리 넘기' 분석하기 • 울타리 넘는 늑대의 모습 순서대로 나열하기 • 각 단계별 늑대와 어울리는 행동 문장 연결하기 • '교양'의 의미 이해하기	25분 (2차시)	▸ 골든벨, 모둠 활동지
읽기 후	〈활동4〉 신비한 책을 만들어요 - 내가 느낀 신비한 책의 힘을 담아 작은 책 만들기 • 책이 가진 신비한 힘은 어떤 느낌인지 생각해보기 · 색, 모양, 낱말 • 늑대가 읽은 책은 무엇이었을까? • 늑대가 읽었을 것 같은 책, 변화시키고 싶은 누군가를 위한 책 등 다양한 책 만들기	30분 (3차시)	▸ A4 도화지
배움 정리	〈배움정리〉 생각 넓히기 활동 - 책의 힘을 설명해주는 전시회 슬로건 문장 만들기 • 책은 _____ 이다. - 오늘 수업 시간을 통해 내가 배운 것은? - 책의 앞뒤 속 표지를 비교하여 세상을 변화시키는 책에 대해 이야기 나누기 〈차시예고〉 - 프로젝트 개요 소개	10분 (3차시)	▸ 책 속 표지 사진, 환경 관련 사진, 프로젝트 도식

◎ 레벨업 가위바위보 게임을 해봅시다. 단계는 처음, 학교, 도서관 늑대입니다. 같은 단계의 친구들을 만나 가위바위보 후 이기면 단계를 올릴 수 있고, 올라간 단계에 해당하는 문장을 읽어주면 레벨업이 완료됩니다.

> 처음 늑대: 아우-우우우우-우우우
>
> 학교 늑대: 뛰‥어‥라, 느윽대야! 뛰어라!
>
> 도서관 늑대: 옛날에산에아기돼지세마리가살고있었습니다.

◎ 늑대가 울타리를 통과하는 장면입니다. 변화한 순서대로 잘라 도화지에 붙여보세요.

( )단계 뛰어넘기	( )단계 열고 가기	( )단계 종 울리기

◎ 각 단계의 늑대가 할 것 같은 행동을 골라 늑대 그림 아래에 붙여보세요.

길에 쓰레기를 버린다.	내가 떨어뜨린 쓰레기를 줍는다.	길에 쓰레기가 보이면 줍는다.
재밌으면 친구를 괴롭힌다.	친구를 괴롭히지 않는다.	괴롭힘당하는 친구들이 없도록 앞장선다.
좋아하는 음식만 먹고 싫어하는 음식은 버린다.	칭찬받으려고 골고루 먹는다.	감사한 마음으로 골고루 먹는다.

그림책 '북극곰에게 냉장고를 보내야겠어'
: 되어보기를 통한 환경 이해하기

지구 온난화　# 멸종 동물

. . . .

글　김현태
그림　이범
출간　2011년
펴낸 곳　휴먼어린이

수업 계획

동기 유발	• 동물의 왕국 영상 시청 • 다양한 동물 사진 (이미 멸종된 동물)
읽기 전	• <활동1> 멸종 위기 동물들 - 멸종 위기종 동물 자료 읽고 이름과 특징 알기 • <활동2> 동물 마을 꾸미기 - 지구 배경에 직접 그린 동물을 오려 붙여 동물 마을 꾸미기
읽기 중	• <활동3> 그림책 읽기 「북극곰에게 냉장고를 보내야겠어」 (1) - 그림책 전반부 읽기 - 지구에 생긴 문제 알기 : 뉴스 및 관련 지식 자료 제공 • <활동4> 온난화를 막아라 - 동물 마을로 날아오는 더위 막기 술래놀이
읽기 후 및 배움정리	• <활동5> 그림책 읽기 「북극곰에게 냉장고를 보내야겠어」 (2) - 그림책 후반부 읽고 내용 확인 • <활동6> 그림책 속으로 - 아이스, 눈토끼, 빙하, 작가, 독자가 되어 인터뷰 하기 • <활동7> 빙하를 지켜라 - 동물 마을 빙하판에 빙하를 지키는 방법 정리하기

문해력을 높이는 수업 실천

- 그림책과 관련한 다양한 형태의 읽기 자료 투입, 되어보기를 통한 생각 말하기

사회적 문제인 환경 관련 이슈를 그림책으로만 다루면 깊이 있는 실천 의식으로 연결되기 어렵다. 손이 조금 가더라도 학년 수준에서 이해할 수 있는 뉴스 기사 및 각종 환경 관련 자료를 찾거나 다듬어 제시하면, 학생들에게 비문학 자료를 읽는 경험과 문서에서 정보를 얻어내는 경험을 제공할 수 있다. 또한 그림책 속 인물과 작가가 되어 인터뷰하는 시간을 통해 심도 있게 내용을 이해하고 주체적으로 환경 문제를 인식할 수 있다.

〈동기유발〉

- 동물에 대한 관심을 바탕으로 환경 문제로 끌어들이기

아이들은 대부분 동물에 관심이 많기에, 귀여운 새끼 동물 영상이나 경이로운 야생 동물 다큐멘터리 영상을 통해 흥미를 불러일으킨다. 가급적 다양한 종류의 동물을 보여주고 다양한 동물을 본 경험을 나누었다.

- 사라지고 있는 동물들의 현황 직면하기

양쯔강 돌고래 등 여러 종류의 동물의 모습과 이름을 함께 살핀 후, 지금 이름을 읽어본 동물들은 모두 지구에서 이미 멸종된 동 동물임을 공개하여 약간의 충격요법으로 직면을 시도했다. 지구에서 점차 가족과 친구들이 사라지는 것의 두려

움과 안타까움, 인간도 이 위기에서 자유롭지 않음을 느낄 수 있도록 유도하였다.

〈활동1〉 멸종 위기 동물들
- 멸종 위기종 동물 자료 읽고 이름과 특징 알기

국립생물자원관 홈페이지에 '한국의 멸종위기종' 필요한 자료가 자세하게 나와 있다. 동물 사진과 이름, 간단한 특징이 나와 있다. 다음과 같이 정리하여 모둠별로 다양한 동물들을 살펴보게 하였다.

[이름] 스라소니
[특징]
- 멸종위기 야생생물 1급
- 고양이과 포유류로 몸통 길이 105cm, 몸무게 38kg 정도이다. 몸집에 비해 다리가 두껍고, 추운 산에서 사는 것에 적응한 형태다. 국내에는 없고 북한에도 매우 적은 수가 사는 것으로 예상된다.

멸종 위기 동물 알아보기

자료 중 마음에 드는 동물을 골라 이름을 따라 써 보고 별도의 종이에 특징을 살려 그림을 그릴 수 있도록 한다.

〈활동2〉 동물 마을 꾸미기
- 멸종 위기 동물 지구 마을에 그림으로 복원시키기

전지 크기로 출력한 지구 배경에 학생들이 각자 그린 멸종 위기 동물을 붙여 다양한 생명으로 가득 찬 지구 동물 마을을 함께 완성한다. 지구 배경은 미리캔버스를 활용하였다.

동물 마을 꾸미기

〈활동3〉 그림책 읽기 (전반부)

- 그림책을 읽고 문제 상황 이해하기

주인공 아이스가 갑자기 아이스크림이 녹아 팔지 못하게 되어 고민하는 전반부 상황까지 아이들과 읽었다. 그림책의 인물과 상황을 잘 이해했는지 확인하고, 이러한 상황이 현실 세계에서는 어떻게 일어나고 있는지 영상으로 확인한다. 얼음 없는 북극 영상, 모기가 사는 남극 등 다양한 영상 자료를 활용한다.

- 탄소, 지구온난화 등 환경 문제 현황 이해

학생들은 환경이 파괴되어 지구가 더워지고 있다는 이야기를 이미 많이 들어봤지만, 환경 파괴가 왜 지구의 온도를 올리는 것으로 나타나는지, 무엇이 문제인지를 정확히 알지 못했다. 따라서 1학년 수준에서 이해 가능하도록 '탄소=두꺼운 이불', '지구온난화=더워진 이불 속 공기' 등으로 비유하여 간단히 환경 용어를 도입했다. 그리고 전문가 모둠을 활용하여 온난화의 문제점에 대한 아주 간단한 자료를 함께 읽어본 후, 다시 본 모둠에서 이야기를 나누었다. 자료는 뉴스 기사 사진 하나 및 중요 제목 및 간단한 내용 줄글 정도로 편집해서 제작한다. 1학년 수준에서는 전문가 모둠에서 가져온 자료를 본 모둠에서의 다시 읽는 수준이 대부분이었으나, 지루하게 지식을 이해하는 것보다는 '전문가' 타이틀이 있으니 나름 즐거워했다.

1그룹	2그룹	3그룹	4그룹	5그룹
날씨	사라지는 땅	바이러스	멸종 동물	식량 부족
· 폭염 뉴스 · 태풍 뉴스 · 쓰나미 뉴스 · 산불 뉴스	· 투발루 뉴스 · 투발루 그림책 · 해수면 상승 뉴스	· 해빙으로 인한 바이러스 뉴스 · 코로나 뉴스 · 새로운 바이러스 뉴스	· 멸종현황 뉴스 · 바다동물 현황 뉴스 · 미래학자 멸종 예상 인터뷰 기사	· 어려워진 작황 관련 뉴스 · 어획량 감소 뉴스 · 물부족 국가의 식량난 뉴스

전문가 모둠 자료 구성

〈활동4〉 더위를 막아라 술래놀이

- 놀이를 통해 온몸으로 온난화를 간절히 막아보기

술래잡기 변형 게임으로 교실 놀이로 진행하였다. 두 팀으로 나누어 수비팀은 동물 마을을 지켜야 하는 지구 특공대이고, 공격팀은 지구온난화로 명명한다. 앞 차시에 완성한 동물 마을을 칠판에 붙여놓고 수비팀은 교실 중앙에, 공격팀은 교실 뒤쪽에서 각자 미니 화이트보드에 원 자석(온난화 자석이라고 명명함)을 3개씩 붙이고 대기한다. 시작 신호와 함께 공격팀은 동물 마을에 온난화 자석을 붙이러 출동하고, 수비팀은 공격팀의 화이트보드에서 원 자석을 제거하여 자석통에 넣는다. 놀이 승부는 수비팀 역할을 했을 때 동물 마을에 온난화 자석이 적게 붙도록 잘 지킨 팀이 우승하는 것으로 한다.

〈활동5〉 그림책 읽기 (후반부)

- 그림책을 읽고 문제 상황 내면화하기

그림책의 후반부를 모두 읽고 내용 확인을 한다. 제시어 퀴즈 형태로 진행하며, 받침 없는 자음으로만 이루어진 주제어를 제공하여 모두 함께 또박또박 읽어보며 기초 한글 읽기에 참여할 수 있도록 한다.

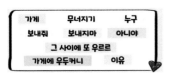

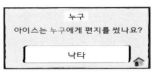

- 되어보기 활동으로 독서 기자회견장 열기

그림책의 등장인물 및 작가를 대상으로 되어보기 활동을 진행한다. 형태는 인터뷰이고, 모둠별로 인물 하나를 정해주고 해당 모둠의 모두가 그 인물로 변신한다는 설정이다. 인터뷰 예상 질문을 모둠끼리 미리 추측할 시간을 준다. 그리고 기자회견이 열리는 장소로 상상 이동을 한다.

차례가 되면 모둠 친구들 모두 교실 앞으로 나와 자기소개를 하고, 친구들의 질문이 들어오면 그 인물이 되어 대답한다. 인터뷰 질문은 지나치게 치중되지만 않으면 그림책 내용을 벗어난 질문도 자유롭게 허용했다.

아이스	낙타	눈토끼
		(학생들 사진)
빙하	작가	독자

5가지 대상의 인터뷰가 끝나면 마지막으로 학생들 모두 다시 독자로 돌아오는 변신을 한다.

〈활동7〉 빙하를 지켜라

- 환경 보호 실천 사항 정리

독자로 돌아온 학생들이 이 이야기와 인터뷰 내용을 듣고 느낀 점을 이야기하고 함께 빙하를 지킬 방법을 공유한다. 환경 보호 관련 지식이 필요할 경우 교사가 제공할 수 있다. 독자로서 빙하를 지킬 수 있는 실천 방법을 빙하 조각판에 글로 써서 정리할 수 있도록 한다. 그리고 만들어진 빙하 조각을 앞 차시에서 완성한 동물 마을 하단에 방패처럼 붙여 마을을 지킬 수 있도록 시각화한다.

교수학습 과정안

도서	북극곰에게 냉장고를 보내야겠어	대상	1학년
교육 과정	국어 1-1 4. 글자를 만들어요, 통합 여름 1-1(즐) 2. 여름 나라 (총 4차시)		
학습 목표	☞ 이야기를 듣고 인물의 마음을 이해할 수 있다.		
목표 역량	협력적 소통 역량, 공동체 역량, 문제해결력	수업 유형	협동학습 직소학습

수업의 흐름	교수 · 학습 활동	시간 (분)	자료(▶) 및유의점
배움 열기	〈동기 유발〉 - 동물 이야기 • 귀여운 새끼 동물, 야생 동물 다큐멘터리 영상 시청 • 멸종 동물 사진 살피기 〈배움 목표 제시〉 ☞ 이야기를 듣고 환경 문제를 겪는 주인공의 　마음을 이해할 수 있다. 〈활동 안내〉 〈활동1〉 멸종 위기 동물들 - 1차시 〈활동2〉 동물 마을 꾸미기 - 1~2차시 〈활동3〉 그림책 읽기(1) - 3차시 〈활동4〉 온난화를 막아라 - 3차시 〈활동5〉 그림책 읽기(2) - 4차시 〈활동6〉 그림책 속으로 - 4차시 〈활동7〉 빙하를 지켜라 - 4차시	15분 (1차시)	▶ 동물 영상, 멸종 동물 사진
읽기 전	〈활동1〉 멸종 위기 동물들 - 멸종 위기 동물 자료 읽고 내용 파악하기 • 멸종 위기 동물 자료 돌려 읽기 • 멸종 위기 동물 이름 따라 쓰기	15분 (1차시)	▶ 멸종 위기 동물 자료(국립 생물자원관 자료참고)
읽기 전	〈활동2〉 동물 마을 꾸미기 - 멸종 위기 동물 지구 마을에 그림으로 복원시키기 • 내가 고른 동물들 그리기 • 동물의 서식지를 고려하여 지구 마을에 붙이기 • 내가 그린 동물 소개하기	50분 (1~2차 시)	▶ 도화지, 그림도구, 지구 그림(전지 크기)
읽기	〈활동3〉 그림책 읽기(1) - 그림책 전반부 읽기 - 지구에 생긴 문제 알기	25분 (3차시)	▶ 영상자료, 전문가

수업의 흐름	교수 · 학습 활동	시간 (분)	자료(▶) 및 유의점
중	• 전문가 모둠에서 자료 함께 공부하기 • 전문가 모둠에서 본 모둠에 알려줄 내용 정리하기 • 본 모둠에서 내용 공유하기		자료
읽기 중	〈활동4〉 온난화를 막아라 - 동물 마을로 날아오는 더위 막기 술래놀이 • 공격: 미니 화이트보드에 있는 원 자석(온난화 자석)을 수비진 피해 동물 마을에 붙이기 • 수비: 공격진의 원 자석을 빼앗아 자석함에 넣기 • 승부는 수비 시 동물 마을을 잘 지켜 원 자석을 적게 붙인 팀이 이김	15분 (3차시)	▸ 미니 화이트보드, 원자석, 동물 마을 그림
읽기 후	〈활동5〉 그림책 읽기(2) - 그림책 후반부 읽기 - 제시어 퀴즈로 그림책 내용 확인 • 받침 없는 제시어 퀴즈: '가게, 무너지기, 누구, 보내줘' 등 받침 없는 자음으로 구성하여 기초 한글 읽기에 참여 • 예: [보내줘] 아이스가 낙타에게 보내달라고 한 것은 무엇인가요? - 문제 상황 내면화 • 해결 방법 없이 녹아내리는 빙하와 슬퍼하는 주인공으로 이야기가 끝난 것에 궁금함을 갖게 한다.	10분 (4차시)	▸ 제시어 퀴즈 프레젠테이션

읽기 후	〈활동6〉 그림책 속으로
	- 되어보기로 독서 기자회견장 열기
	• 각 모둠마다 등장 인물 1명씩 역할을 주고 되어보기
	  아이스, 낙타, 눈토끼, 빙하, 작가 (5개 모둠)
	• 예상 인터뷰 질문 의논하기
	• 한 모둠씩 돌아가며 교실 앞에서 기자회견 인터뷰 진행하기(인터뷰 시 칠판에 해당 역할 그림 부착)
	• 예: (기자) 빙하님, 녹아내릴 때 기분은 어땠나요?
	      (발표자) 몸이 자꾸 작아져서 이러다 사라질까 봐 걱정되었어요.
		15분 (4차시)	▸ 마이크, 역할별 그림 자료

읽기 후	〈활동7〉 빙하를 지켜라 - 빙하를 지킬 환경 보호 실천 사항 정리 • 독자로 다시 변신하여 돌아오기 • 빙하 조각판 활동지에 기자회견장의 주인공들을 돕기 위한 환경 보호 실천 방법 적어보기 • 정리한 내용 공유하기 • 빙하 조각판을 동물 마을 하단에 방패처럼 붙이기	10분 (4차시)	▸ 빙하 조각판 활동지
배움 정리	〈배움정리〉 생각 넓히기 활동 - 활동에서 기억에 남는 점과 느낀 점 공유하기 - 지구 특공대인 우리가 해야 할 다음 단계 의논하기 〈차시예고〉 - 다음 프로젝트 단계: 지구 특공대 출동 준비	5분 (4차시)	

그림책 '지구를 위한 한 시간' : 실천 생활 계획하기

\# 에너지 절약 \# Earth Hour

....

글 박주연

그림 조미자

출간 2011년

펴낸 곳 한솔수북

수업 계획

동기 유발	• 북극곰 기자회견 신문 기사
읽기 전	• <활동1> 표지 살피기 - 지구를 위한 한 시간이 무엇인지 예상하기 - 지구를 위해서 내가 한 시간 동안 할 수 있는 일 떠올리기
읽기 후	• <활동2> 그림책 읽기 「지구를 위한 한 시간」 - 그림책 읽기 - 내용 확인하기 • <활동3> 지구 특공대 자격 시험 - 지구 특공대 자격시험: 환경 실천 행동 OX퀴즈
읽기 후	• <활동4> 지구 특공대 출동 계획 - 지구를 위해 활동 기사 및 관련 활동 - 나만의 '지구를 위한 시간' 계획서 작성 • <활동5> 실천 다짐을 위한 노래 뮤직비디오 - ♪ 왜 이렇게 덥지? 노래
배움 정리	• 지구 특공대 자격증 수여식
배움 심화	• 지구 특공대 책 만들기

문해력을 높이는 수업 실천 ————————————
- 에듀테크를 이용한 디지털 리터러시 경험

2022 개정 교육과정에서는 '디지털 소양'을 매우 강조하고 있다. 너무 복잡한 디지털 기술을 갑자기 시작하기에 교실은 이미 전투 현장이기에, 조금 호흡을 길게 잡고 에듀테크와 친해지는 단계부터 시작하며, 에듀테크 활용으로 조금 가볍게 책 만들기 활동을 해보았다.

ChatGPT는 출시 3개월 만에 1억 명의 사용자를 동원하는 엄청난 파급력을 보여주었던 최신 디지털 기술이다. ChatGPT는 인공지능 언어모델로 인공신경망을 기반으로 하여 텍스트를 생성하고 자연스러운 대화가 가능하며, 현재도 지속적으로 발전하고 있다. 수업 자료로 활용할 책 주인공이 나오는 인공적인 뉴스 기사, 사진, OX 퀴즈 등을 제작하는데도 이 기술을 활용할 수 있으며, 교사 주도하에 학생들과 함께 문제 해결 방법을 실시간으로 질문하고 답변을 들어보며 간편하게 디지털 기술 활용 수업 활동을 할 수 있다. 또한 뤼튼(wrtn)이나 미리캔버스로 AI 이미지를 생성하여 그림보다는 이야기 내용에 집중된 책 만들기 활동이 가능하다.

니어팟(Nearpod)은 별도의 가입 없이 1인 1 태블릿 제공이 가능한 환경에서 크롬으로 사용 가능하다. 교사의 통제하에 슬라이드 형식으로 수업 진행, 영상, 3D자료, 패들렛, 그림판, 퀴즈, 평가 피드백 등이 가능하다. 미국 교육 현장에서는 흔히 쓰이는 에듀테크이며, 독서 주제를 보다 심화하기에도 좋았다.

〈동기유발〉
- 북극곰 기자회견 신문 기사

 지난 프로젝트 단계의 북극곰 그림책과 연결되는 맥락으로 '북극곰 기자회견'이라는 제목의 신문 기사를 제작하여 보여주었다. 신문 기사 내용은 ChatGPT, 뤼튼(wrtn)을 활용해 쉽고 간단하게 제작할 수 있었다.

북극곰이 환경문제에 대해 기자회견하는 이야기 해줘

북극곰이 환경문제에 대한 기자회견을 하는 이야기를 만들어보겠습니다:

기자회견장, 미국 북극 - 오늘, 미국 북극 지역에서 열린 기자회견에서 한 마리의 북극곰이 환경 문제에 대해 중요한 메시지를 전달했습니다. 북극곰, 이름은 "스노우"라고 합니다. 얼음 덮인 배경 앞에서 마이크 앞에 서서 다음과 같이 말했습니다.

스노우 북극곰: 안녕하세요, 여러분. 저는 스노우, 북극에서 생활하고 있는 북극곰입니다. 오늘 저의 목소리로 말하고 싶은 중요한 주제가 있습니다.

〈활동1〉 표지 살피기
- 지구를 위한 '한 시간' 이야기 나누기

 최근에 한 시간 동안 내가 했던 일을 말해보며 아이스 브레이킹을 한 후, 그림책 제목인 지구를 위한 한 시간이 의미하는 것을 예상해보았다. 지구를 위해서 내가 했던 일은 몇 시간일까 예상해보고 간단히 이야기를 나누었다.

〈활동2〉 그림책 읽기
- 그림책 읽고 내용 확인하기

 책의 초반부인 2007년 3월 31일 저녁 호주에서 일어난 1시간의 깜깜해진 도시 내용까지만 읽고 잠깐 멈추었다. 왜 이렇게 깜깜해졌을지 생각해보게 한 후 뒷부분을 이어 읽어주었다. 이야기를 다 읽은 후 간단히 내용 이해를 확인하였다.

〈활동3〉 지구 특공대 자격시험
- 환경 실천 행동 OX 퀴즈

지구를 위한 시간이 주는 의미를 이야기 나눈 후, 지구를 위한 시간이 늘어날 수 있도록 하려면 어떻게 해야 하는지 알아보았다. OX 퀴즈 전에 AI 챗봇 Nutty를 활용해 환경 문제 해결 실천 방법을 물어보고, 방법을 확인해본다. Nutty에서 제공하는 똑똑이 캐릭터 챗봇으로 로봇에게 물어보는 상황을 만들어 흥미를 일으킬 수 있다. 챗봇의 답을 읽어주고, 우리가 환경을 위해 할 수 있는 일에 대해 얼마나 알고 있었는지 점검하면서 배우는 OX 퀴즈를 실시한다. 환경 보호 실천 관련 OX 퀴즈 문제는 이미 공유된 것이 많지만, 추가로 ChatGPT를 참고하여 더 다양하게 제작할 수 있다.

〈활동4〉지구 특공대 출동 계획

- 지구를 위해 행동하는 기사 살피기

환경 문제를 해결하기 위해 노력하는 사람들의 다양한 기사를 이용하여 실천 의지를 불러일으켜 보았다. 실천 의지를 좀 더 즐겁게 강화하기 위해 니어팟(Nearpot)을 활용하여 어스아워나 플로깅 등의 기사를 실은 슬라이드와 함께 환경 행동과 관련한 퀴즈, 매칭 게임을 제공하였다.

니어팟(Nearpot) : 3D, Quiz, 매칭 게임

- 나만의 '지구를 위한 시간' 계획서 작성

환경 문제를 해결하기 위해 노력하는 사람들의 다양한 기사처럼 지구를 위한 시간 계획서를 작성하고 실천해보았다. 간단한 습관으로 가급적 실천이 가능한 계획을 세우고 모두 지킬 수 있도록 해보았다.

지구를 위한 시간 계획서

〈활동5〉 실천 다짐을 위한 뮤직비디오 제작

- ♪왜 이렇게 덥지 노래 뮤직비디오

교실에서 이미 환경 관련 이슈를 다룰 때 많이 사용하고 있는 노래이다. 그림 그릴 공간을 남겨두고 노래 가사를 나누어 출력하여 학생들의 그림으로 노래방을 만드는 활동은 많이 해보았으니, 니어팟(Nearpot)의 그림 그리기 기능을 활용하여 패드로 노래와 어울리는 그림을 그리고 수합 하는 식의 에듀테크 활용 활동으로 변형해 보았다. 그러나 기기가 익숙하지 않은 학생들이 많아 색깔 변경이나 지우기 등의 기본적인 조작에 대한 설명을 원초적으로 해주어야 해서 조금 시도해보다가 시간 관계상 아날로그로 돌아와서 간단히 그림을 그려야만 했다. 본인도 아이들도 매우 아쉬워했다. 기기 조작 교육을 미리 해놓거나 시간을 보다 넉넉히 잡는 것을 추천한다.

니어팟(Nearpot) 활용 그림 예시, 실물 그림, 영상 표지

배움 정리 - 지구 특공대 자격증 수여식

환경 보호 실천의 생활화와 추후 하게 될 캠페인 및 환경 일기 쓰기의 동기 부여를 위해 지구 특공대 자격증을 나눠주며 출동 준비를 마쳤다.

지구 특공대 자격증

(   )학생은
지구 환경 보호에 대해 잘 알고
환경 사랑 실천을 위해 출동하는
지구 특공대임을 증명합니다.

PASS

배움 심화 - 지구 특공대 책 만들기

 일주일간 환경 보호 활동을 자발적으로 실천한 후, 심화 활동으로 공부한 내용을 활용하여 '지구 특공대의 지구를 위한 시간' 그림책을 만들어 보도록 했다. 제목이 너무 길어서 나중에는 '출동, 지구 특공대!'로 변경했다. 모둠별로 표지+8쪽 이야기를 만들 수 있도록 이야기의 방향을 대략 정해주고 모둠별로 이어짓기 방식으로 짓도록 하였다. 작가의 마음이 되어 쓰도록 독려하고, 페이지 당 1~3개 문장으로 짧게 만들어도 되나, 주술 구조와 맞춤법을 확인받아 최대한 다듬어진 문장으로 완성할 수 있도록 하였다.

 초고가 완성된 후, 그림은 뤼튼(wrtn)과 미리캔버스의 AI 그림 작가에게 의뢰했다. 문장 타이핑이 가능한 학생을 모둠별로 배치하여, 각 장면에 해당하는 문장에 '~~~라는 이야기 내용에 어울리는 그림 그려줘.'라고 덧붙여 채팅창에 적도록 했다. 오류도 많지만 학생들이 제작 과정 자체를 신기해했고 결과물이 실제 출판물에 가까워서 만족도가 매우 높았다.

<표지>	<1쪽>
제목: 출동, 지구 특공대! 그림: 어린이 환경 특공대	평화로운 지구 혹은 특공대
<2쪽>	<3쪽>
슬퍼하는 지구나 북극곰 등 환경 문제 제시	특공대 호출
<4쪽>	<5쪽>
특공대 출동<6쪽> 문제 해결 2	문제 해결 1
<7쪽>	<8쪽>
문제 해결 3	행복한 지구

지구 특공대는 물이 없어 죽어가는 풀의 목소리를 들었어요.

지구 특공대 나가신다!

그림책 만들기 가이드, 그림책 결과물

교수학습 과정안

도서	북극곰에게 냉장고를 보내야겠어		대상	1학년
교육 과정	국어 1-1 7. 생각을 나타내요, 통합 여름 1-1(즐) 2. 여름 나라 (총 3차시)			
학습 목표	☞ 환경을 지킬 방법을 알고 실천 계획을 세울 수 있다.			
목표 역량	협력적 소통 역량, 창의적 사고 역량, 공동체 역량, 지식정보처리 역량		수업 유형	에듀테크 활용 수업

수업의 흐름	교수 · 학습 활동	시간 (분)	자료(▶) 및유의점
배움 열기	〈동기 유발〉 - 북극곰 기자회견 신문 기사 살피기 • 북극곰이 우리에게 도와달라고 했는데, 우리는 어떤 방법으로 도움을 줄 수 있을까요? 〈배움 목표 제시〉 ☞그림책을 읽고 환경을 지킬 실천 계획을 세울 수 있다. 〈활동 안내〉 〈활동1〉 표지 살피기 - 1차시 〈활동2〉 그림책 읽기 - 1차시 〈활동3〉 지구 특공대 자격시험 -1차시 〈활동4〉 지구 특공대 출동 계획 - 2차시 〈활동5〉 환경 뮤직비디오 만들기 - 2차시 〈배움정리〉 지구 특공대 자격증 수여식 - 2차시 〈배움심화〉 지구 특공대 그림책 만들기 - 3차시	5분 (1차시)	▶ 태블릿, 니어팟 교육자료
읽기 전	〈활동1〉 표지 살피기 - 지구를 위한 한 시간이 무엇인지 예상하기 • 한 시간 동안 할 수 있는 일, 혹은 했던 일 말하기 • 지구를 위해 한 시간 동안 할 수 있는 일 예상하기 • 내가 지구를 위해서 했던 일은 모두 몇 시간일까?	5분 (1차시)	▶ 그림책
읽기 전	〈활동2〉 그림책 읽기 - 그림책 읽고 내용 확인하기 • 호주 시드니가 갑자기 깜깜해진 이유 중간 질문하기 • 읽은 후 내용 확인 질문하기 · 한 시간 동안 불편해도 행복했던 이유는 무엇일까요?	15분 (1차시)	
읽기 후	〈활동3〉 지구 특공대 자격시험 - 환경 실천 행동 떠올리기 • 챗봇 활용하여 실천 행동 물어보기 · 똑똑아, 환경 보호 실천 방법 알려줘. - 환경 실천 OX 퀴즈	15분 (1차시)	▶ Nutty 챗봇 채팅방, OX판

읽기 후	〈활동4〉 지구 특공대 출동 계획 - 지구를 위해 행동하는 사람들 이야기 • 우리가 지킬 지구 둘러보기 (3D) • 환경을 지키는 사람들의 뉴스 기사 살피기 • 기사와 관련된 간단한 퀴즈 해결하기 · 이 사진 속 친구는 무엇을 하고 있나요? 답: 플로깅 · 환경을 지키는 행동과 설명을 알맞게 짝지어보세요. - '지구를 위한 시간' 계획서 작성 • 일주일 동안 실천할 수 있는 환경 보호 활동을 3가지 골라 계획서에 적고 자기 평가하기	15분 (2차시)	‣ 태블릿, 니어팟 교육자료, 계획서 활동지
읽기 후	〈활동5〉 환경 뮤직비디오 만들기 - 노래 '왜 이렇게 덥지' 듣기 - 노래에 어울리는 그림 그리기 • 니어팟 그림 그리기 활동 활용하여 노래와 어울리는 디 지털 이미지 그리기 · 색깔, 두께, 펜 종류, 지우기, 도형, 되돌리기 등의 기초 안내 필요	20분 (2차시)	‣ 음원, 태블릿, 니어팟 교육자료 (또는 가사 적힌 도화지)
배움 정리	〈배움정리〉 생각 넓히기 활동 - 지구 특공대 출발 준비 완료 - 지구 특공대 자격증 수여식 · 환경 보호 실천 계획에 따라 생활 속에서 꾸준히 실천 할 것을 다짐하기	5분 (2차시)	‣ 특공대 자격증
배움 심화	〈배움심화〉 책 만들기 활동 - 일주일 동안 실천한 내용 결과 확인하기 - '출동, 지구 특공대' 책 만들기 (모둠) • 이야기의 기본 구조 안내하기 • 지구 특공대가 지구를 지키기 위해 할 수 있는 일을 생 각하며 이야기 이어짓기 (장면 당 1~3문장) • 이야기 초고 읽어보고 다듬기 • 뤼튼 활용 AI 그림 선택하기 〈차시예고〉 - 다음 프로젝트 단계: 출동하기(지구 지킴이 캠페인)	60분 (3차시)	‣ 책만들기 가이드 안내지, 태블릿 (뤼튼)

문해력을 키우는 수업
문해력

발 행 | 2023년 10월 4일

저 자 | 이선근, 이가은, 김도연, 박선현, 권수정, 박소영, 배고운, 임현지

펴낸이 | 한건희

펴낸곳 | 주식회사 부크크

출판사등록 | 2014.07.15.(제2014-16호)

주 소 | 서울특별시 금천구 가산디지털1로 119 SK트윈타워 A동 305호

전 화 | 1670-8316

이메일 | info@bookk.co.kr

ISBN | 979-11-410-4632-3